Guareschi
El lechuguino pálido

Guareschi

Pequeño mundo

El lechuguino pálido

Relatos

Traducción de
Mina Pedrós

Planeta

Colección
Contemporánea

Dirección: Rafael Borràs Betriu
Consejo de Redacción: María Teresa Arbó, Marcel Plans y Carlos Pujol

Título original: Lo spumarino pallido
Traducción del italiano por Mina Pedrós

Editorial Planeta, S. A., Córcega, 273-277, Barcelona-8 (España)
Diseño colección y cubierta de Hans Romberg (foto AGE y realización de Jordi Royo)
Primera edición: marzo de 1984
Segunda edición: abril de 1984
Depósito legal: B. 12.458-1984
ISBN 84-320-3767-2
Printed in Spain - Impreso en España
Talleres Gráficos "Duplex, S. A.", Ciudad de la Asunción, 26-D, Barcelona-30

Yo soy así

Mi vida empezó el 1 de mayo de 1908 y, entre bien y mal, parece que aún continúa.

Cuando nací, hacía ya nueve años que mi madre era maestra de primera enseñanza y siguió haciendo de maestra hasta 1949. El párroco del pueblo donde residió hasta 1950 le regaló un despertador en nombre del pueblo, y mi madre, tras cincuenta años de estar enseñando en escuelas carentes de luz eléctrica y de agua potable, aunque, en compensación, provistas de abundantes escarabajos, moscas y mosquitos, se pasó el tiempo en espera de que el Estado tomara en consideración su petición para obtener una pensión. Y mientras se distraía escuchando el tictac del despertador que le había regalado el pueblo, llegó la muerte y se la llevó.

Mi padre, por el contrario, cuando nací se ocupaba de máquinas de todo tipo: desde trilladoras hasta gramófonos, y tenía unos bigotes que se parecían mucho a los míos; siguió teniendo un estupendo bigote hasta 1950, aunque ya hacía mucho que no se ocupaba de nada y se pasaba el tiempo leyendo los periódicos. Leía también lo que yo escribo, pero mi forma de escribir y de pensar no le gustaban.

Y en el fondo tenía toda la razón, porque a mí tampoco me gusta, lo que se dice nada, lo que escribo.

En su época, mi padre había sido un hombre muy brillante e iba ya en coche cuando en Italia poblaciones enteras se desplazaban de pueblo a pueblo para ir a ver ese artilugio de coche que andaba por sí solo.

El único recuerdo de aquellos viejos esplendores es una antigua bocina de coche: una de esas bocinas con pera de goma, que mi padre había instalado en la cabe-

cera de su cama y que de vez en cuando hacía sonar, sobre todo en verano.

Tengo una moto de sesenta y cinco centímetros cúbicos de cilindrada, un coche utilitario de quinientos centímetros cúbicos de cilindrada, una mujer y dos hijos cuya cilindrada no sabría precisar, pero que me son de bastante utilidad, puesto que los suelo utilizar como personajes en muchas de las historias que publico en un semanario que aprecia mucho mi colaboración, quizá por el hecho de ser yo el director del mismo.

Y precisamente en ese semanario que se llama Candido *es donde publiqué semanalmente los cuentos del primer volumen de don Camilo.*

Mis padres habían decidido que tenía que ser ingeniero naval, por lo que acabé estudiando jurisprudencia y fui bastante conocido en la ciudad de Parma como creador de carteles publicitarios y como caricaturista.

Como en la escuela nadie me había hecho estudiar dibujo, era lógico que el dibujo ejerciera sobre mí una especial fascinación; por eso, después de la caricatura y de los carteles publicitarios, cultivé mucho la xilografía y la escenografía.

Al mismo tiempo trabajaba como portero en una fábrica de azúcar o como guardián de un parque en que se guardaban bicicletas; a pesar de ignorar completamente música, di también clases de mandolina a algunos chicos del campo. Di también buen resultado como funcionario del censo. Estuve durante un año de profesor en un colegio y después pasé a corregir las pruebas del diario local. Para redondear mi modesta paga, empecé a escribir cuentos; también me encargué de la crónica ciudadana y, como el domingo me quedaba del todo libre, tomé la dirección de un semanario de los lunes, y, para acabar antes, resultó que en sus tres cuartas partes lo escribía todo yo.

Un buen día tomé el tren y me fui a Milán, donde conseguí ingresar en un novísimo semanario humorístico lla-

mado Bertoldo. Allí estuve obligado a dejar de escribir, aunque sin embargo me fue permitido dibujar. Aproveché la oportunidad dibujando en blanco sobre fondo de papel negro: lo que creaba en el periódico vastas zonas deprimidas y, hay que reconocerlo, depresivas.

Yo he nacido en la Tierra Baja de Parma, cerca del Po; y la gente que nace en aquellos lugares tiene la cabeza dura como el hierro: llegué a convertirme en redactor jefe del Bertoldo, que no deja de ser el mismo semanario en el que Steinberg, que por aquel entonces estaba estudiando arquitectura en Milán, publicó sus primerísimos diseños y en el que trabajó hasta que se marchó a América del Norte.

Por causas ajenas a mi voluntad, estalló la guerra y, en 1942, agarré una gran borrachera porque mi hermano estaba perdido en Rusia y no conseguía saber nada de él. Grité mucho aquella noche, por las calles de Milán, y dije cosas que luego encontré escritas en dos hojas a la mañana siguiente cuando la Oficina Política me arrestó. Un montón de gente se preocupó entonces por mí y consiguieron que me pusieran de nuevo en libertad. Pero para sacarme de la circulación me hicieron llamar a filas, y el 9 de septiembre de 1943, estallado el pastel, caí prisionero de los alemanes en Alejandría. Como no me parecía bien desobedecer a mi rey, fui enviado a un campo de concentración polaco. Después pasé por varios campos de concentración alemanes; todo ello hasta 1945. Entonces pasé de la administración germánica a la inglesa y, al cabo de cinco meses, me reexpidieron a Italia.

En el período en que estuve prisionero fue cuando desarrollé la actividad más intensa de toda mi vida; quizá porque ante todo tenía que arreglármelas para seguir con vida, y lo conseguí casi del todo gracias a haberme fijado un concreto programa, que se resume en mi eslogan: «No me muero ni aunque me maten.»

No es fácil seguir con vida cuando uno se convierte en un saco de huesos de un peso total de 46 kilos y cuan-

do se está lleno de piojos, de chinches, de pulgas, de hambre y de melancolía.

Al volver a Italia encontré que habían cambiado muchas cosas. Sobre todo habían cambiado los italianos y tardé bastante tiempo en comprender si habían cambiado en bien o en mal. Al final descubrí que no habían cambiado en nada, y fue entonces cuando me entró la melancolía y me encerré en casa a dibujar las ilustraciones para mi Cuento de Navidad, *que había escrito en 1944 para alegrar con un poco de tristeza mis Navidades y las de mis compañeros del campo de concentración.*

Después fundamos el semanario Candido *y me encontré metido hasta las cejas en política, a pesar de que entonces era como ahora, completamente independiente.*

De ese período —es decir, el inmediato de la posguerra— he sacado un grueso volumen acompañado de grandes tablas que lo documentan titulado Italia provisional.

En 1950, el jefe de los comunistas italianos, señor Palmiro Togliatti, en un discurso público en La Spezia, perdió la calma y llamó «tres veces idiota» a aquel periodista milanés que se ha inventado el personaje de los «tres orificios nasales». Aquel idiota tres veces idiota soy yo y aquél fue, para mí, el más codiciado reconocimiento de mi obra como periodista político.

El «trinarigudo» u hombre de los tres orificios nasales ya ha entrado en el habla común en Italia, y fui yo quien lo creó en un feliz momento de imaginación satírica y, para ser sincero, tengo que decir que me enorgullezco, porque conseguir caracterizar el tipo del comunista con un minúsculo trazo de pluma de pocos milímetros (poniéndole debajo de la nariz, en lugar de los dos de siempre, tres orificios nasales) es una ocurrencia que no está del todo mal. Y funcionó bien.

Y —¿por qué ser modesto?— funcionaron también muy bien las demás cosas que escribí o dibujé durante los días de la preparación electoral. Pero esto no impor-

ta: tengo en el desván un saco lleno de recortes de periódicos que hablan mal de mí. El que quiera saber más que venga a leérselos.

Los cuentos de Pequeño mundo *han tenido un éxito excelente en Italia: mucha gente ha escrito largos artículos sobre* Pequeño mundo *y muchísima gente me ha escrito cartas sobre tal o cual cuento, y de este modo me han confundido un poco las ideas, y si ahora tuviera que formular yo un juicio sobre* Pequeño mundo *creo que me costaría bastante.*

El ambiente de estas historias es el de mi tierra: la Tierra Baja de Parma, la llanura de la región emiliana junto al Po. Aquí la pasión política llega a menudo a una intensidad inquietante; y, sin embargo, sus gentes son simpáticas y hospitalarias y generosas y tienen un desarrollado sentido del humor.

Debe de ser el sol, un sol maldito que martillea los cerebros durante todo el verano. O bien debe de ser la niebla, una niebla cerrada que oprime los cerebros durante todo el invierno.

Los tipos son auténticos; y las historias son tan verosímiles que, más de una vez, al cabo de uno o dos meses después de haber inventado una historia, el hecho sucedía realmente y se leía en los periódicos.

Y hasta incluso la realidad superaba a la fantasía; porque cuando yo escribí la historia en que Peppone, para librarse de un avión que durante un comicio echaba folletos adversarios, sacaba del pajar una metralleta, no llegué a hacerla disparar. «Vamos a caer en lo fantástico», me dije. Dos meses después, en Spilimbergo, no sólo los comunistas dispararon sobre un avión que lanzaba propaganda anti-comunista, sino que hasta lo derribaron.

No tengo nada más que decir sobre Pequeño mundo; *nadie puede pretender que un buen hombre, además de haber escrito un libro, lo tenga además que entender.*

GUARESCHI

El coloso de pies de barro

De uva moscatel sólo había una vid en el huerto de la rectoría; y don Camilo tenía una especial debilidad por la uva moscatel.

Por eso, al darse cuenta de que un tipo estaba afanándose, con las manos y con la boca, con su uva moscatel, don Camilo se molestó.

Don Camilo se quedó allí un buen rato, apostado detrás de las persianas de la ventana de la cocina con la esperanza de ver la cara del sinvergüenza: legítima curiosidad justificada más aún por el temor de no llegar a tiempo de agarrar al franco-vendimiador.

Pero el criminal continuaba mostrando una espalda que carecía de la mínima expresión, y entonces don Camilo, abandonando su observatorio, y andando con pasitos ligeros y cautelosos, salió al huerto y comenzó su marcha de acercamiento.

Un tractor llegó a las inmediaciones del huerto haciendo un ruido infernal, lo que permitió a don Camilo concluir felizmente la operación:

—Perdone, ¿molesto?

La voz de don Camilo hizo sobresaltar al asesino, que se dio lentamente la vuelta, y que era nada más y nada menos que *el Flaco.*

Don Camilo se lo quedó mirando unos minutos; luego exclamó:

—¿Cómo es que andas por aquí?

—Pasaba por aquí y me he parado un momento a picar. ¿Son suyas?

—El hecho que esta vid esté en el huerto de la rectoría podría habértelo hecho sospechar.

—Estaba preocupado, no me he dado cuenta.

Don Camilo meneó gravemente la cabeza:

—Entiendo. La verdad es que tenías que estar muy preocupado para no haberte dado cuenta de saltar por encima de la red metálica del seto.

—No he saltado ninguna red metálica —precisó *el Flaco* mientras seguía picando del racimo que tenía en las manos.

Parecía como si la presencia de don Camilo no le importara ni un comino de lo tranquilo que estaba; pero, de repente, *el Flaco* se eclipsó como si se lo hubiera tragado la tierra y desapareció bajo la vid.

Fue rápido: escurriéndose entre la hierba como una lagartija, alcanzó en pocos segundos el punto exacto donde la red metálica estaba levantada del terreno unos dos buenos palmos y se metió por el pasadizo.

Desgraciadamente, don Camilo estaba en guardia y, lanzándose a perseguirlo, consiguió agarrar un pie del *Flaco*.

Tiró enérgicamente del pie y *el Flaco* volvió a entrar *marcha atrás*.

—En el fondo tenías razón —dijo don Camilo cuando, tras haber enganchado al *Flaco* por la ropa, lo hubo puesto en posición vertical—. Para entrar aquí no has saltado por encima de la red metálica. Lo que significa que la vas a saltar para salir. ¡Hay que potenciar a la aviación soviética!

—Padre —replicó *el Flaco*, al que no agradaba nada la idea de ser agarrado por el cuello y el bajo de los pantalones y ser lanzado luego volando por encima de la red de tela metálica—. No saque especulaciones políticas de un hecho ocasional.

—¡Ah! ¿Tú llamas un hecho ocasional a una violación de domicilio con hurto incluido?

—No lo tomemos por lo trágico: yo no he cometido

ningún hurto. Me he limitado a tomarme un anticipo. El día del levantamiento proletario se acerca y todos los desheredados tendrán su parte.

A don Camilo ya se le había pasado.

—*Flaco* —afirmó—, consideradas así las cosas, tómate otro anticipo, pues. Y si quieres un anticipo de vino, tengo una botella de blanco dulce en fresco dentro del pozo.

Era una tarde de fines de agosto y no se movía ni una hoja ni soplando. Hacía un calor agobiante.

Don Camilo se acercó al pozo y sacó el cubo en que estaba la botella y luego entró en la casa.

El Flaco lo siguió, y cuando don Camilo, destapada la botella, hubo llenado los dos vasos que estaban ya preparados encima de la gran mesa de la cocina, preguntó:

—Padre, ¿a dónde quiere ir a parar?

—*Flaco,* sólo quiero ir a parar a sentarme y beber un vaso de vino fresco. Si tú también quieres, siéntate y bebe. En agosto, a las tres de la tarde no se hace política.

El Flaco se sentó y se tragó de un sorbo el vino de su vaso.

—Si no está envenenado, está bueno —observó.

Don Camilo no le prestó atención: bebió a su vez y volvió a llenar los dos vasos. Se sacó del bolsillo un toscano, lo partió con las uñas de los dedos pulgares y ofreció la mitad al *Flaco.*

—No —explicó *el Flaco*—. Sólo fumo cigarrillos. También colillas de pitillos.

Don Camilo se levantó y, tras haber buscado en dos o tres cajones, echó un paquete de Nacionales delante del *Flaco*:

—Hay que tener también en casa de esto: siempre hay algún tonto que prefiere cigarrillos al puro.

El Flaco no acusó recibo: tenía vino y cigarrillos. Todo lo demás le importaba un bledo.

Fumó y bebió.

—¡Si Peppone supiera que he estado aquí! —exclamó de repente.

—Estáte tranquilo: no soy yo quien se lo va contar. Y además hace un siglo que no nos hablamos. En confianza: en el fondo me sabe mal. Con todos sus defectos, no es el peor. Hay gente más estúpida que él en el pueblo. Y no sólo entre vosotros los desmandados.

El Flaco no contestó: bebió un buen trago de vino y suspiró:

—¡No sé!

Aquel «no sé» hizo enderezar las orejas a don Camilo, que llenó los dos vasos y luego dijo, secándose el sudor:

—No tengo ganas de levantarme; aunque la botella está vacía y, para conseguir otra, hay que ir a buscarla. La puerta de la bodega es aquella de allí.

—¿Blanco o tinto? —preguntó *el Flaco*, levantándose.

—Tinto.

—Yo seguiría con el blanco para no hacer mezclas.

—Encontraremos la solución: tinto acompañado de salchichón.

El Flaco partió como un rayo y volvió con una botella y con un salchichón.

—El pan está allí dentro del aparador. Encontrarás también la tabla y el cuchillo —comunicó con voz cansada don Camilo.

En la Tierra Baja, cuando hace un tiempo de agosto en serio, las gargantas están secas de sed, y hay que beber. Y, para poder beber como es debido, no hay nada mejor que acompañarse con un buen salchichón, que da una sed tremenda.

El salchichón era extraordinario, y don Camilo observó:

—¿Por qué no coges mi bicicleta y te vas a buscar a Peppone? Ante un salchichón como éste, estoy seguro que estaremos de acuerdo.

El Flaco meneó la cabeza.

—*Flaco* —exclamó don Camilo—, no me interpretes

mal. No tengo la mínima intención de hacer bromas pesadas. Aunque mañana nos estrangulemos o nos destripemos,. ¿quién nos impide mientras tanto comernos juntos un par de lonchas de salchichón? Dime la verdad: ¿no creerás acaso que yo estoy pensando siempre en la cochina política?

El Flaco volvió a menear la cabeza:

—Padre, no es por eso. Deje estar a Peppone. No hablemos más.

Don Camilo lo miró:

—No sabía que os hubierais peleado. Si es así, como si no hubiera dicho nada.

—¡No nos hemos peleado! Si nos tuviéramos que enfadar, en todo caso sería él quien se podría enfadar conmigo, porque yo nunca me podría enfadar con él. Son otras cosas.

—*Flaco,* bebamos y cambiemos de tema: hoy la política no me interesa.

El Flaco bebió, pero cuando hubo acabado de beber se sintió en el deber de corregir:

—No se trata de cuestiones políticas. Son cosas privadas. Tonterías sin importancia, pero que, a uno como a yo, le molestan.

Don Camilo sacudió la cabeza:

—De veras que lo siento. No creía que él también, en un momento determinado, se portara mal con los amigos. Tú eres un barrabás, pero con Peppone siempre te has portado mejor que un amigo. Es de ingratos tratarte mal.

El Flaco protestó:

—No nos hemos entendido: no es que me trate mal. Él se comporta igual que antes conmigo. Pero no es el de antes. Padre, ¿cómo se lo podría explicar? Es como si usted fuera amigo íntimo del campeón mundial de ciclismo. No ha pasado nada entre usted y el campeón mundial de ciclismo, la amistad es la misma, el trato sigue siendo el mismo. Pero sucede que el campeón mundial de ciclismo se afloja y empieza a perder carreras. Y su amistad por él ya no es la de antes.

—Si razonara con tu cerebro disparatado, puede que sí —respondió don Camilo—. Pero como yo razono con un cerebro normal, mi amistad no cambiaría, porque sería amigo del hombre y no del campeón. Al contrario: cuanto más desventurado fuera, más amigo suyo me sentiría.

—Sí —gritó *el Flaco*—. ¡Pero le sabría mal que estuviera perdiendo el campeonato! Sería como si su mujer perdiera los dientes. ¡Usted seguiría queriendo siempre a su mujer, pero le sabría mal que perdiera los dientes!

Don Camilo meneó la cabeza:

—Ni Peppone es un campeón de ciclismo ni es tu mujer: lo que creo es que te ha dado una insolación.

El Flaco se puso a gritar:

—Padre, pero ¿es posible que no consiga entenderme?

—¡Si quieres que te entienda, explícate! —respondió brusco don Camilo.

El Flaco se echó al coleto de un trago otro vaso de vino y empezó a explicarse:

—Padre, la culpa de todo la tiene aquel desgraciado que metió en la cabeza a la mujer de Peppone la idea de renovar la sala...

Era una asfixiante tarde de agosto. Otra abrasadora tarde de agosto. Don Camilo estaba chorreando de sudor, pero no quería dar su brazo a torcer: estaba allí, hacía más de una hora, apostado detrás del Seto Grande. Había visto entrar a su hombre y quería verlo salir.

Y cuando Dios quiso salió el hombre y, mientras estaba a punto de montarse en la bicicleta, se encontró delante a don Camilo.

—Buenas tardes, señor alcalde.

Peppone miró a don Camilo con mirada sospechosa.

—Buenas tardes, señor cura.

Don Camilo se encogió de hombros.

—No creía haberle faltado al respeto por saludarle —se lamentó.

—Usted falta al respeto a la gente haga lo que haga. Usted es una provocación permanente.

Don Camilo alzó los ojos al cielo.

—Señor —exclamó—, ¿cómo es posible que esta gente esté siempre en servicio? ¿Cómo es posible que esta gente lo vea todo exclusivamente en función de la política? Señor, ¿qué piensa esta gente cuando ve una puesta de sol, o un amanecer, o un eclipse de luna? ¿Qué piensa esta gente cuando en primavera ve cómo florecen los cerezos? ¿Ni ante una erupción, o un terremoto, o una tromba marina, o un alud, puede esta gente tener en el cerebro algún otro pensamiento que no tenga que ver con el partido y las últimas consignas?

Peppone escuchó enfurruñado el desahogo de don Camilo, y luego dijo:

—Este razonamiento no me lo tiene que hacer usted a mí. Soy yo quien se lo tiene que hacer a usted. A usted, padre, que tiene la sangre envenenada por la política.

—Peppone —explicó con paciencia don Camilo—, hace un siglo que no te veo; me he alegrado de verte en perfecto estado de salud, y mi culpa sólo ha sido la de demostrar mi sincera alegría.

—Padre, ¿cómo se puede saber cuándo es sincero y cuándo no lo es?

Don Camilo iba a pie y Peppone se puso a andar a su lado remolcando la bicicleta.

El camino estaba lleno de polvo y había también polvo suspendido en el aire, que secaba las gargantas.

Don Camilo daba de verdad la impresión de estar animado por su mejor intención, y por eso, poco a poco, Peppone fue abandonando toda reticencia y la conversación se volvió cada vez más pacífica.

Hablaron de cosas generales, y, cuando llegaron delante de la rectoría, don Camilo encontró natural invitar a Peppone a entrar a beber un vaso de vino blanco dulce. Y a Peppone le pareció natural aceptar.

Se bebieron una botella, y al salir don Camilo dijo a Peppone:

—Tengo que ir a ver a Bicci; te acompaño hasta tu casa.

Tomaron el atajo, una vereda que, a pesar de todo aquel calor que mataba a la gente, conseguía estar llena de barro, porque estaba en una zona baja en donde moría el agua de los desagües de los campos de alrededor.

Al llegar delante de su casa y visto que don Camilo estaba jadeando, Peppone encontró natural invitarle a entrar a tomar un trago.

El vestíbulo estaba en la penumbra y fresco.

—¿Nos quedamos aquí? —preguntó don Camilo.

—No, no, vamos adentro.

Adentro quería decir a «la sala». En esa estancia que en la Tierra Baja llaman «la sala». En la que están los muebles del comedor, las ampliaciones fotográficas de los parientes muertos, los chismes ganados en las rifas y los regalados. Normalmente, suele ser la habitación a la que no va nadie de la familia porque impone por todas las magnificencias que contiene y además por ser la más triste y menos acogedora de la casa.

Pero cuando Peppone abrió la sala, don Camilo se quedó con la boca abierta.

No se esperaba —a pesar de la descripción del *Flaco*— algo así: estucado nuevo, lámpara novecentista, muebles nuevos, cortinas de puntillas en las ventanas y, ¡maravilla de maravillas!, un suelo de baldosas de mármol. Un suelo que brillaba como si fuera de cristal. Increíblemente liso, increíblemente nítido y pulido.

—¿Bien? —dijo Peppone al ver que don Camilo no hacía ademán de entrar.

—¡Peppone! —exclamó don Camilo—, pero si esto es algo extraordinario. ¡Es difícil encontrar una sala tan bonita y moderna como ésta ni en una casa de ciudad!

—¡No exagere! —se carcajeó Peppone—. ¡Pase, pase! Sin cumplidos.

Don Camilo entró con precaución y Peppone se disponía a seguirlo cuando, en aquel instante, se oyó un grito casi inhumano y apareció la mujer de Peppone.

Lo agarró y lo paró en el umbral.

Después miró horrorizada los zapatos polvorientos y llenos de barro de Peppone y desvarió durante un rato chillando como un águila herida.

Entonces Peppone dio un paso atrás y, cuando volvió a aparecer, llevaba en los pies unas pantuflas.

Esos condenados rectangulitos de paño inventados por las buenas mujeres burguesas de ciudad para salvaguardar el brillo de los suelos.

Don Camilo miró a Peppone, que andaba como un patinador y que, tan gordo y fuerte, con el pañuelo rojo oscuro al cuello, el cabello despeinado y pegado en la frente y con las manos tan grandes como palas y ennegrecidas por el sol y la grasa de las máquinas, daba risa, aunque en realidad lo que daba era más bien pena.

Don Camilo había ido allí para reírse, pero no sintió ningunas ganas de reírse. Lo que hizo fue volver atrás y, tras haberse puesto bajo las suelas unas pantuflas que estaban preparadas en el umbral, patinó a su vez por el suelo brillante.

Se sentaron sin decir nada a la mesa, que tenía la superficie brillante como el suelo. Y estuvieron allí callados hasta que llegó la mujer con las copas y la botella en una bandeja.

La mujer lo puso todo encima de la mesa, llenó dos vasos y luego se fue explicando con voz autoritaria:

—La botella en la bandeja y las copas en los posavasos.

Don Camilo secó, antes de beber, el pie de la copa con la manga y luego puso con cuidado la copa en el centro del posavasos.

Ninguno de los dos sabía cómo empezar. Por suerte

apareció en la puerta *el Flaco* agitando un gran sobre amarillo.

—Jefe, urgentísima de parte de la dirección del partido.

—¡Tráela! —ordenó Peppone, espabilándose.

—No, la dejo ahí —respondió *el Flaco*, haciendo el ademán de poner la carta encima de la silla tapizada que estaba al lado de la entrada.

Peppone sacó la voz atronadora de sus buenos tiempos:

—¡*Flaco*, tráela aquí! —gritó.

El Flaco vaciló un instante y luego, embarcándose en el tercer par de pantuflas que estaban estacionadas en los aledaños del quicio de la puerta, patinó por el suelo encerado en dirección del jefe.

—¡Siéntate y bebe! —gritó Peppone, llenando una copa.

El Flaco apretó los dientes y se sentó.

—¡La botella en la bandeja y la copa encima del posavasos! —volvió a gritar Peppone al *Flaco*, tirándole delante un centrito de paño bordado.

Peppone leyó la carta urgentísima y se la puso en el bolsillo. Después se bebió su vino de un sorbo y, tras una suficiente pausa de silencio total, afirmó:

—Padre, ¡métase bien en la cabeza que, el día de la revolución proletaria, andaremos sin pantuflas!

—¿Estaba escrito en la carta del partido? —se informó don Camilo.

—¡Está escrito en la historia de los pueblos! —respondió Peppone.

Y lo dijo con tanto orgullo y con tan noble decisión, que *el Flaco* sintió reavivar su fe en la victoria final.

—¡Bien, jefe! —aprobó *el Flaco*.

La rifa

A juzgar por lo que se les oye decir, a los campesinos siempre les va mal. Si llueve, porque llueve, si no llueve, porque no llueve, si ganan diez porque podían ganar doce. Si ganan doce porque podían ganar quince.

Don Camilo lo sabía perfectamente y no se hacía nunca ilusiones cuando tenía que ir por ahí a llamar a las puertas para pedir dinero para aquella bendita guardería que ya había sido creada y que a la fuerza tenía que funcionar.

Aquella vez, sin embargo, don Camilo tenía el corazón lleno de optimismo: la cosecha había sido extraordinaria para todos los tipos de cultivos y el queso había subido de precio. Mas, tras haber llamado a tres puertas, ya se conocía todo el repertorio: el tomate no había rendido lo que habría podido rendir, las acelgas habían dado una graduación baja.

Y además la uva aún estaba por coger.

Decidió cambiar inmediatamente de tónica. Para reunir los cuartos necesarios había que recurrir al remedio extremo: la famosa rifa con valiosos premios.

Se preocupó en recolectar los valiosos premios.

En lo que se refiere a las rifas y a las tómbolas de beneficencia, en el campo pasa lo mismo que en la ciudad: se aprovecha la ocasión para desembarazarse de los más asquerosos cachivaches. Y, al final, siempre son los mismos condenados objetos los que circulan en las fiestas de beneficencia. Cada barrio ciudadano, cada pueblo, tiene los suyos porque el que gana uno de estos trastos se apresura en ofrecerlo generosamente a la primera ocasión que llega alguien a pedir regalos para la tómbola benéfica.

Don Camilo trabajó durante quince días y, al final, se encontró con la rectoría transformada en un bazar de feria. De haber tenido el suficiente valor, don Camilo habría podido aprovechar la ocasión para librar al pueblo de toda aquella escoria. Y la verdad es que sintió el agudo deseo de desparramar en la plaza toda aquella mercancía y pasar por encima una apisonadora; pero se supo contener.

De todos modos, ahora que ya tenía la masa de los *normales*, tenía que reunir los dos o tres premios *excepcionales*. Sin los que nadie iba a comprar ni un billete. Tenía aún dos puntos fuertes a que recurrir: Filotti y el ayuntamiento.

Pero Filotti en seguida dijo que más de cincuenta botellas de vino blanco no podía dar, porque el tomate no había ido bien, ni tampoco las acelgas, etc.

Don Camilo depositó todas sus esperanzas en el ayuntamiento y se fue a pedir audiencia al alcalde.

Peppone ni le dejó hablar:

—Padre —dijo—, ya lo sé. La guardería tiene una desesperada necesidad de dinero, lo mismo que el ayuntamiento. Con la sencilla diferencia que así como la guardería puede organizar loterías para colectar dinero, el ayuntamiento no lo puede hacer. Por tanto estamos peor que usted.

Don Camilo aspiró una bocanada de aire tan larga como el túnel del Simplón y, después de haberse inflado de aire, explotó:

—¿Quiere decir el señor alcalde que el ayuntamiento se niega a aportar su contribución?

—No; el señor alcalde quiere decir que el ayuntamiento da lo que puede.

Abrió un cajón de la mesa y sacó unos puñados de cosas, mientras explicaba:

—Cincuenta lápices Superbus, treinta gomas de borrar, veinticinco cuadernillos de papel y cincuenta plumas Perry. Como aportación mía personal, le daré cinco cajas de cera para suelos marca Ceratom.

—Ésa la puedes emplear para...

—Padre —le interrumpió Peppone, severamente—, recuerde que está hablando nada menos que con el señor alcalde. ¿Los objetos de escritorio se los lleva usted o se los tengo que mandar a casa?

Don Camilo ni tan siquiera contestó: dio media vuelta y se dirigió hacia la puerta. Al llegar al umbral se volvió.

—¿Sabes qué tengo que decirte? —gritó.

—Diga, diga.

—Que dais asco todos. Pobres, ricos, comunistas y anticomunistas.

—¡Un momento, padre! Pongamos los puntos en las íes.

Don Camilo volvió hasta la mesa y miró fijo a los ojos a Peppone.

—Si quieres poner los puntos en las íes, aquí estoy. ¿Hay algo que no te gusta?

—No me gusta que diga estupideces. Los comunistas, por su norma y por sus reglas, no dan asco. En toda ocasión los comunistas se comportan de modo perfecto.

Don Camilo agarró el paquete de lápices y se los puso debajo de la nariz a Peppone, gritando:

—¡Cincuenta lápices Superbus, los más arquerosos del mundo: regalo de la administración comunista!

—¡Regalo de la administración *municipal*! —rectificó Peppone—. Los comunistas no tienen nada que ver. De modo que antes de decir que los comunistas dan asco, antes tiene que oír qué le responde la sección del Partido Comunista.

Don Camilo volvió a dejar los lápices encima de la mesa y luego se puso en jarras:

—Y según tú, ¿qué crees que me respondería la sección del Partido Comunista si yo fuera a pedirle un regalo para la rifa?

Peppone se encogió de hombros.

—Vamos a ver —murmuró—. A mi parecer, si usted se dirigiera a la sección comunista, la sección ofrecería, por ejemplo, una bicicleta Stucchi gran lujo, nueva por estrenar, con faros eléctricos y cambio Simplex. Y, a lo mejor, con funda para el sillín, caballete y portaequipajes.

Don Camilo se lo quedó mirando durante un instante con la boca abierta.

—Tienes ganas de bromear —exclamó al final.

—Yo, quizá, sí. Pero la sección local del Partido Comunista no. El que desee la bicicleta Stucchi modelo gran lujo, nueva a estrenar, etcétera, no tiene más que dirigir una breve petición por escrito a dicha sección.

Don Camilo rió de mala gana:

—Ya; para que me contestes: «¡Diríjase a Pella!»

Peppone sacudió la cabeza:

—No, padre: basta con que usted mande dos líneas con la petición y, dos horas más tarde, recibirá la bicicleta en la rectoría con el embalaje aún original de la casa. Naturalmente, en la exposición de los premios la bicicleta tendrá que figurar en el sitio de honor y llevar un cartelito de cuarenta centímetros por treinta que lleve escrito en letra de imprenta así de grande: «Regalo del Partido Comunista Italiano.» Para ahorrarle trabajo, el cartelito se lo mandaremos nosotros ya hecho.

—No te molestes —contestó, seco, don Camilo—. Quédate con el cartel y con la bicicleta. No hago de agente de publicidad.

—Padre, ¿y si a la bicicleta Stucchi extra lujo, etcétera, le añadiéramos un motorcito Mosquito también nuevo y por estrenar?

—¡Ni aunque le añadas un motor Fiat 1900 con transmisión hidráulica!

—Lo siento. De todos modos, piénselo, padre.

—Ya lo he pensado.

Don Camilo volvió a casa embalado y se fue a desahogar con el Cristo del altar mayor.

—Jesús —dijo jadeando—, de todos esos desgraciados ¿cuál es el más desgraciado?

—Tú —respondió el Cristo.

Don Camilo miró hacia arriba, perplejo:

—¿Yo? ¿Por qué?

—Porque tienes el corazón rebosante de ira, don Camilo.

—Jesús —imploró desesperado—, ¿es posible no enfadarse después de lo que me ha pasado?

—Sí, don Camilo, es de lo más posible.

A don Camilo se le asomaron las lágrimas a los ojos:

—Jesús, he llamado a noventa y nueve puertas y nadie me ha abierto. A la centésima me han abierto para burlarse de mí. ¿Cómo puedo estar tranquilo?

—Don Camilo, yo llamo a cien mil almas cada día y ninguna se abre, y me duele. Pero si, después de cien mil, encuentro una que se abre, me siento invadir el corazón de alegría, aunque tras la puerta de esa alma encuentre sólo irrisión. El que ignora a Dios es un ciego que no verá nunca la luz. Nunca podrá vivir como un hombre justo el que ignora a Dios, porque el que ignora a Dios no es un hombre.

Don Camilo aún tenía el motor en marcha a todo gas e intentó justificarse:

—Señor, si tengo hambre y noventa y nueve personas me niegan un mendrugo de pan, ¿no es quizá más malvada la centésima que me lo ofrece, y copioso, induciéndome, para obtenerlo, a cometer una acción deshonesta?

—Claro que sí, don Camilo; si Peppone ha intentado hacerte cometer una acción contraria a la ley de Dios, es el más malvado.

Don Camilo se secó la frente llena de sudor:

—Señor no se puede establecer con certidumbre si él me ha propuesto cometer una acción contraria a la ley de

Dios. Quizá también por el hecho de que en la ley de Dios no hay ninguna mención específica sobre las bicicletas Stucchi y las tómbolas de beneficencia... De todos modos, lo que sí es cierto es que yo no puedo hacer algo que satisfaga la idea expresada por Peppone. Idea que es condenada como contraria a la idea cristiana. ¿No os parece, Señor?

—Don Camilo, no sabría qué responderte con exactitud: tampoco yo entiendo lo suficiente de bicicletas y de tómbolas benéficas.

Don Camilo se inclinó.

—Jesús —dijo con voz triste—, qué contento se pondría Peppone si supiera que también vos os burláis de mí.

Don Camilo volvió a la rectoría a pasar lista de la mísera mercancía recogida. Al cabo de poco rato llegó *el Flaco*, que depositó en la mesa del vestíbulo los lápices y lo demás.

—De parte de la administración municipal —explicó—. Si consigue sacar punta a uno de estos lápices, podrá utilizarlo como punzón.

—Dale las gracias al señor alcalde. Dile que no tenía que tomarse tantas molestias.

—Ninguna molestia. Poder hacer un favor al reverendo arcipreste es todo un placer. Si quiere que le ayude a llevar al estercolero toda esa basura, lo haré con mucho gusto.

Don Camilo sacó del montón un horrible gatito de yeso y lo expidió por vía aérea a la cabeza del *Flaco*.

Pero el individuo estaba ya preparado para la defensa y, agarrando al vuelo el gato de yeso, lo puso delicadamente encima de la mesa.

—Mejor un gato de yeso en mano, que una bici con motorcito volando —explicó al largarse.

Don Camilo espachurró bajo la suela una torre de Pisa de alabastro que parecía de azúcar cande.

Aun poniendo bien a la vista las botellas de Filotti, la exposición de los premios de la rifa pro círculo-jardín de infancia resultaba de lo más descorazonador.

Por segunda vez a don Camilo le entraron ganas de destruir toda aquella porquería. Consiguió resistir el impulso y se fue a confiar con el Cristo del altar mayor.

—Jesús —dijo—, ¿puede el fin justificar los medios?

—No, don Camilo. Del mal puede surgir el bien, pero tú no puedes emplear conscientemente el mal para obtener el bien. Porque tú tienes siempre que actuar según las leyes de Dios y las leyes de Dios te prohíben cumplir el mal.

—Jesús, la estricnina es un veneno terrible, mas el farmacéutico dosificándola en su justa medida puede lograr una medicina saludable.

—Don Camilo, la moral cristiana no se ha hecho en farmacia.

Don Camilo bajó la cabeza y se marchó.

«Todos en contra de mí», suspiró mientras se sentaba en el escritorio del cuarto de estar.

Después tomó una hoja y escribió la petición.

La bicicleta con motor llegó una hora después y la llevó *el Flaco* con la furgoneta.

Junto a la bicicleta estaba el cartel con letras de imprenta enormes.

—Padre —advirtió *el Flaco*—. Recuerde: en el sitio de honor.

La exposición de los regalos de la rifa fue abierta al día siguiente y la gente llenó el lugar.

La bicicleta con motor «ofrecida por el Partido Comunista» dio el golpe.

Spiletti desaprobó totalmente el asunto.

—Padre, yo no habría pedido ni aceptado regalos de esa gentuza.

—Tampoco yo, si usted y todos los demás, en lugar

de colocarme porquerías de yeso y de lata dorada, me hubieran ofrecido algo que justificase una rifa.

—Si no había regalos, no tenía que haber hecho la rifa. Habría evitado hacer tan mal papel.

—Claro —exclamó don Camilo—. Si uno tiene roña, no tiene que quitarse los guantes en público: tiene que quedarse con las manos tapadas para que la gente diga: « ¡Oh, qué señorito tan elegante y pulido! »

Naturalmente, todos los rojos fueron a mirar y remirar su estupenda bicicleta con motor y se hincharon como pavos.

El día de la extracción acudió también Peppone con su estado mayor. El local y la zona de delante de la iglesia estaban llenos a rebosar.

Se vendieron los últimos billetes y se guardaron dentro de un sobre sus relativas matrices.

Comenzó el sorteo. Don Camilo había conseguido juntar sólo cincuenta premios decentes. Una vez extraídos por orden de importancia los cincuenta números, el resto de pacotilla sería repartido a base de una pieza por billete para que nadie se volviera a casa con las manos vacías.

—¡Primer premio: una bicicleta con motor! —anunció don Camilo.

Un niño extrajo un número de la urna.

—¡Ochocientos cuarenta y siete! —gritó don Camilo—. Quien tenga el número ochocientos cuarenta y siete ha ganado la bicicleta.

Ninguno de los presentes lo tenía.

—¡La bicicleta queda a disposición de quien tenga el número ochocientos cuarenta y siete! —voceó don Camilo—. La lista exacta de los números extraídos será publicada mañana. Segundo premio: una cesta que contiene cincuenta botellas de vino blanco. Número...

El chiquillo sacó el número: dos mil trescientos.

El hombre que tenía el dos mil trescientos se adelantó agitando el billete, y, haciéndose ayudar por los amigos, retiró, riéndose, la cesta de botellas. Prácticamente la rifa ya se había acabado porque lo único que le interesaba a la gente era la bici con motor. Lo demás, menos las botellas, era poco más que basura. Pero nadie se movió hasta que no fueron sorteados todos los demás cincuenta premios «varios».

Y cuando los cincuenta regalos fueron retirados por los ganadores, la gente empezó a murmurar. Resultaba muy curioso que de los ganadores de los cincuenta premios, el único en no estar presente fuera precisamente el de la bicicleta.

—Yo —dijo un joven— he comprado el número ochocientos cuarenta y seis y lo he comprado aquí dentro en el último momento y he visto que en el talonario aún quedaban cuatro billetes: el ochocientos cuarenta y siete, el ochocientos cuarenta y ocho, el ochocientos cuarenta y nueve y el ochocientos cincuenta. Me gustaría ver el talonario: no quisiera que hubieran metido dentro del sobre el billete no vendido en vez de la matriz.

Alguien se fue a avisar a don Camilo, que llegó resollando.

—¡No hay truco! —gritó—. Nosotros sólo hemos metido en el sobre las matrices. Aquí está la extraída. Y aquí está el talonario. Todos los billetes han sido vendidos.

—¿Y quién lo atestigua? —murmuró el joven.

—¡El comandante de guardia de los *carabinieri* (1), el notario, aquí presentes!

—¿Y cómo pueden saber si el billete ha sido vendido? ¿Y si alguien lo hubiera arrancado y se lo hubiera guardado en el bolsillo? El hecho de que la matriz haya entrado en la urna no significaría entonces nada.

Don Camilo palideció:

—Ese alguien sólo puedo ser yo porque los últimos cuatro billetes los he vendido yo.

(1) Militares de un arma del ejército italiano constituida con fines policiales. En España su equivalente vendría a ser la Guardia Civil. (*N. de la t.*)

—Yo no digo... —exclamó el joven—. De todos modos, si los billetes han sido vendidos aquí, ¿por qué no ha salido el que ha comprado el ochocientos cuarenta y siete?

Don Camilo tenía unas ganas locas de agarrar al jovenzuelo por el cogote y aplastarlo contra la pared, pero tenía que conservar la calma.

—¡Señores! —gritó—. El número ochocientos cuarenta y siete ha sido vendido aquí hace pocos minutos. El que lo ha comprado tiene que hallarse aquí. Por favor, miren en sus bolsillos: el asunto tendría que quedar liquidado en seguida. Quien me haya comprado un billete a mí, aquí, hace poco, que busque en los bolsillos.

Buscaron todos, hasta los que no habían comprado billetes, y de repente se oyó resollar a alguien:

—¡Lo tengo yo!

Y se adelantó Peppone, que alargó un billete a don Camilo.

Don Camilo sacó del fondo del alma un fuerte respiro de alivio.

—¿Todo arreglado? —preguntó alegremente—. ¿Se ha quedado convencido el joven? Muy bien; con sumo placer hago entrega del premio al señor alcalde. Nada más justo: ofrecido por el Partido Comunista, está bien que vuelva al Partido Comunista.

La gente se rió.

—No se han matado ésos —murmuró el viejo Cibia—. Han ofrecido la bicicleta y luego se la han vuelto a quedar. ¡Hay que ver qué bien saben dar de beber a las ocas cuando llueve!

Peppone se puso rojo como la revolución de octubre:

—¿Qué estupideces está diciendo? Yo he comprado un billete como todos los demás. ¿Qué culpa tengo si el primer premio me ha tocado a mí?

—Lo que pasa es que si no hubiera comprado el billete, no le habría tocado.

El Flaco intervino; agarró por el manillar la bicicleta y dijo a Peppone:

—Jefe, déjales que hablen; nosotros estamos perfectamente dentro del orden y de la legalidad.

Se dirigió hacia la salida y Peppone lo siguió rechinando los dientes.

—Es el sistema soviético —explicó sonriendo don Camilo—. Grandes promesas y luego nada al final. ¡Humo en los ojos!

Peppone, que lo había oído, se volvió:

—¡Venga otra vez a pedirme algo y verá qué bonito regalo le voy a hacer!

—Tenga su cartel —le contestó, carcajeándose, don Camilo—. En vez de «Regalo del Partido Comunista», teníais que haber puesto: «Vana promesa del Partido Comunista.»

Peppone se fue de prisa para no comprometerse y, cuando don Camilo salió triunfante y fue a dar las gracias al Cristo del altar mayor, el Cristo le dijo:

—Don Camilo, el más malvado sigues siendo tú.

—Señor, lo sé —respondió abriendo los brazos don Camilo—. Y me duele; pero en la política la maldad es una dolorosa necesidad porque en la política no se trata con hombres, sino con partidos. Y los partidos no son criaturas del buen Dios. Amén.

El lechuguino pálido

Resultó que a Peppone le hizo falta un metro de tubo de cobre de una pulgada y, como en el pueblo nadie podía suministrarle algo así y tenía que acabar el trabajo para el día siguiente por la mañana, cogió el coche de línea y se fue a buscar el tubo a la ciudad.

Llegó más tarde del mediodía y se vio obligado a esperar hasta las tres de la tarde. Y el asunto no terminó cuando abrieron las tiendas porque ninguna ferretería tenía tubo de cobre de una pulgada, y por eso Peppone tuvo que empezar a buscar por los talleres.

Total, que cuando encontró el maldito tubo, empezaba ya a anochecer. Y para colmo, el coche de línea ya había salido.

Treinta kilómetros no son ninguna broma; por otra parte, el trabajo no podía ser postergado porque se trataba de una *boule* de la fábrica de salsa de tomate y los de la fábrica iban a ir a buscar la pieza reparada a las cuatro de la mañana siguiente.

Peppone se puso en camino con la esperanza de encontrar un coche que le diera pasaje.

Allí, en la carretera general, era inútil perder tiempo y esfuerzos en parar coches: pasan cientos de coches por la carretera general y vete a saber cuál de ellos se dirige a tal o a cual pueblo.

Había que llegar al menos hasta la comarcal: por ahí ya pasaban coches seleccionados, que ya iban en la dirección apropiada. Caminó, pues, hasta la comarcal y, justo después de la curva, apareció una camioneta. Iba despacio y, al ver gesticular a Peppone, el conductor paró en seguida.

No iba al pueblo; de todos modos seguía durante casi siete kilómetros el mismo camino que Peppone, por lo que Peppone se montó. Siete y tres (desde la ciudad hasta allí) diez: mejor veinte que treinta.

Al llegar al puente nuevo, Peppone se bajó de la camioneta y, después de despedirse del hombrecillo, reemprendió el camino *pedibus calcantibus.*

Ya era casi de noche y, como si con eso no bastara, se puso a llover.

A poca distancia había un pequeño templete resguardado por un pequeño pórtico bajo el que Peppone se pudo guarecer.

«Perdón por daros la espalda —murmuró Peppone a la Virgencita, tocándose el ala del sombrero—. Pero es que no puedo perder de vista la carretera. Me he quedado a pie por culpa de este maldito tubo y tengo que encontrar pasaje.»

A medida que iba aumentando la oscuridad, aumentaba también la lluvia y, mirando la carretera fangosa y completamente desierta, se tenía la descorazonadora impresión de estar aislado del resto del mundo para siempre.

Peppone esperó media hora, esperó otra hora y luego perdió la paciencia:

«¡Perdón! —exclamó dirigiéndose a la Virgencita—, pero si no pasan coches, ¿podéis decirme vos qué puedo hacer?»

La Virgencita no se lo dijo y Peppone rugió.

Y hete aquí que de pronto aparecen dos faros de automóvil en la dirección esperada. Peppone se puso en agitación y se preparó para saltar, situándose al borde del pórtico, porque, claro, había que pescar el coche, pero intentando también no calarse de agua.

Cuando el coche que circulaba despacio a causa del chubasco y del fango estuvo a pocos metros de la capillita, Peppone saltó en medio de la carretera.

El coche, un 1400 gris, se paró de golpe; Peppone, de

otro salto, alcanzó la portezuela y metió la cabeza por la ventanilla, mientras la lluvia le remojaba la espalda y otras partes.

El conductor había encendido la luz interior y Peppone alcanzó a ver un rostro palidísimo.

—¿Qué pasa? —balbuceó el conductor.

—Nada —respondió Peppone—. ¡Qué quiere que pase! ¡Que me estoy mojando el trasero! ¿Hacia dónde va?

—A Torricella —explicó el conductor, que era un joven delgado, elegante, muy fino y también, al parecer, muy tímido.

—¡Estupendo! —exclamó Peppone mientras abría la portezuela y se metía en el coche al lado del joven.

Al removerse para ponerse cómodo en el asiento, Peppone dio en el pecho sin querer, con la extremidad del tubo de cobre, al joven, que se retiró poniendo las manos en alto a la altura de los hombros.

Peppone se quedó unos instantes bastante sorprendido por el extraño comportamiento del joven; luego, al darse cuenta de que los ojos del infeliz estaban fijos en el tubo de cobre, lo comprendió.

—Pero ¿qué se cree que es este artefacto? —exclamó Peppone—. ¿Una metralleta? ¿No ve que es un tubo de cobre envuelto en papel de cera negro?

El joven sacó de su exigua caja torácica un fuerte suspiro larguísimo.

—Compréndame —explicó, molesto—. En una carretera oscura en medio del campo, al ver salir de repente a un hombretón como usted que te da el alto con un artefacto como ése en las manos, no se te ocurren cosas muy buenas. Con los tiempos que corren...

Peppone se encogió de hombros:

—¿Hubiera podido hacerlo de otra forma? Hace una hora que estaba esperando porque he perdido el coche de línea y tengo que llegar esta noche a casa, lloviendo a cántaros. Hay que hacerse cargo de la situación en que se encuentra uno.

—Me doy cuenta —respondió seco el joven, poniendo una marcha y arrancando el coche—, aunque hay formas y formas.

Hasta el más tranquilo y reflexivo de los hombres, si tiene el trasero completamente empapado, se pone nervioso.

—¡Se dice fácilmente cuando se puede viajar cómodamente en coche sin importarle a uno el resto del mundo! —bramó Peppone con bastante mal humor—. ¡Pero cuando para vivir hay que partirse el alma de la mañana a la noche, el asunto cambia!

—Yo no viajo por diversión —se justificó tímidamente el joven.

—¡Nadie lo duda! —dijo riéndose ferozmente Peppone—. Si viajara por diversión no habría escogido esta carretera ni este tiempo. Lo que pasa es que mientras usted viaja por trabajo, pero en coche, yo viajo por trabajo pero a pie y bajo la lluvia. Y cuando llegue a casa no me podré ir a la cama, sino que tendré que quedarme a pegar martillazos en el taller hasta las dos de la madrugada. Y eso si todo va bien.

El joven, atento a conducir, no respondió y Peppone no volvió a decir nada.

Después de recorrer dos o tres kilómetros en el más absoluto silencio, Peppone hizo para sus adentros una consideración importante.

«Soy un necio —pensó—. Paro a este desgraciado lechuguino haciéndole morir de miedo; me meto dentro de su coche como si no fuera suyo sino del ayuntamiento. Y luego, en vez de darle las gracias por no haberme dado ninguna patada en el hocico, voy y le monto la polémica antiburguesa como si le acusara. Hay que animar al pobre lechuguino de ciudad, si no tendré un cargo de conciencia.»

El coche pasó por delante del cementerio de Borghetto, que tenía la verja justo en la carretera, iluminada por un farol de la pobre iluminación del pueblo. Peppone se sacó el sombrero y le pareció como si el joven apreciara mucho aquel gesto de respeto por los difuntos.

—¡Pobres, pero cristianos! —exclamó Peppone—. Nuestros pueblos no son bonitos, pero son cívicos.

—Lo sé —murmuró el lechuguino de ciudad con escasa convicción.

—¿Conoce usted bien estos lugares? —preguntó Peppone.

—No, es la primera vez que vengo; pero sé cómo es la gente de la Tierra Baja. *Halcón rojo*, *Metralleta* y *el Pistolero*, ¿no son de por aquí?

A Peppone le pareció captar un claro tono de sarcasmo en la voz del lechuguino, especialmente al pronunciar los nombres de guerra de los tres más famosos campeones del extremismo rojo de la Tierra Baja, y se rebeló:

—Estimado señor, *Halcón rojo*, *Mitra* y *el Pistolero* no son gente de la Baja, son tres malditos chalados que han nacido aquí como podían haber nacido en cualquier otra parte. No tiene que juzgarnos a los de la Tierra Baja por tres chulos que han volcado en la política su profesión de ladrones de cerdos, y que ahora están, como se merecen, en la cárcel. Tiene que juzgarlos por los demás. ¿Qué se cree, que aquí en la Tierra Baja mandan los violentos, los sinvergüenzas y los sin Dios?

—¡No, no! —protestó con viveza el lechuguino pálido—. No quería decir esto. He nombrado a esos tres porque se ha hablado tanto de ellos en los periódicos...

—¡Los periódicos! ¡Usted no tiene que mirar los periódicos para comprender la Baja: tiene que mirarnos a nosotros!

El coche pasó por delante del templete de Crociletto y Peppone rindió homenaje a la Virgencita descubriéndose.

El lechuguino pálido, que no llevaba sombrero, inclinó la cabeza.

—¡Me da gusto ver que usted también es un buen cristiano! —observó complacido Peppone—. Y siendo buenos cristianos es fácil entenderse siempre, aunque se tengan ideas distintas.

El lechuguino lo miró con tanta extrañeza que Peppone, al subirse el cuello de la chaqueta, se sacó diestramente del ojal la insignia, pensando:

«Si este hijo de papá sospecha que soy un comunista, le entra un susto de miedo.»

—Los que son buenos cristianos son también buenos padres de familia y, por tanto, también buenos patriotas, ¿no es así? —gritó enfáticamente Peppone.

—Claro que sí —respondió el lechuguino pálido—. Dios, patria, familia. Ésa es la base.

—Muy bien. ¡Así se habla! ¡Creer, obedecer y luchar!

Peppone se dio cuenta de haber dicho algo que exactamente no quería decir. Sin embargo, mirando por el rabillo del ojo a su compañero de viaje, advirtió en los labios del lechuguino una sonrisa complacida. Claro, era lo que Peppone se había imaginado. Quiso confirmarlo:

—Veo que con usted se puede hablar abiertamente, de modo que seamos sinceros. Dos personas pueden tener las ideas que quieran, pero, si son dos caballeros, tienen que reconocer lo que es justo. La historia es la historia. Los cuentos son cuentos. De modo que no se puede condenar en bloque a un hombre y afirmar que todo lo que ha hecho es malo. Ha hecho cosas malas, pero seamos francos, también ha hecho cosas buenas. ¡Y negar esto, es no tener vergüenza! ¿Tengo razón?

—¡Y tanto! —exclamó el lechuguino—. Estoy completamente de acuerdo con usted. Ha sido un hombre excepcional. Excepcional en sus virtudes y en sus defectos, pero excepcional. Hombres así ya no quedan en el mundo.

Mientras tanto había parado de llover y, al atravesar la aldea de Fraschetto, el joven tuvo que aminorar la marcha porque había un atasco delante de la Casa del Pueblo: gente que estaba mirando a dos jóvenes que estaban pegando unos carteles referentes a la huelga agrícola que se estaba preparando.

El joven se volvió y miró con aire preocupado a Peppone, que lo tranquilizó:

—¡No se impresione! —dijo, riéndose, Peppone—. ¡No es más que papel que no sirve ni para envolver patatas! No tiene ninguna importancia. ¿Sabe lo que pasó aquí, hace unos días, cuando hubo la huelga general?

—No —dijo el joven.

—Carteles, fajas, órdenes y contraórdenes, discursos para preparar la huelga general y luego todos han trabajado. Todos, entiende: rojos, negros, verdes, blancos y amarillos. Así es la Tierra Baja: ¡lo que interesa es lo sustancial, no las charlas!

—¡Bien! —aprobó satisfecho el joven—. Si uno tuviera que estar pendiente de la política...

—¡La política es la ruina de las familias! —exclamó Peppone—. ¡Por esto yo tengo mis ideas y me las guardo sin necesidad de tener que apuntarme a ningún partido! ¿Y usted?

—¡Ídem! ¡No hay necesidad de tener un carnet para tener una idea! Al contrario, la mayoría de las veces, los que tienen el carnet no tienen la idea, y viceversa.

—Santas palabras —exclamó Peppone.

Pero ya habían llegado; al entrar en el pueblo el coche empezó a saltar a causa de los baches que constelaban el empedrado de la calle principal.

—¡Maldito sea el desgraciado del alcalde y sus concejales! —imprecó—. ¡Vaya asco!

Pero en seguida temió haber metido la pata y preguntó débilmente:

—¿Qué administración hay?

—Comunista —respondió Peppone.

El joven suspiró, aliviado:

—Me lo imaginaba. En lugar de hacer política sería mejor que pavimentaran las calles.

—¡Exacto! —aprobó Peppone—. Ya he llegado —explicó mientras se apeaba—. Se lo agradezco mucho. Buen viaje.

En cuanto hubo comenzado a andar, el jovenzuelo lo llamó.

—¡Su metralleta! —le dijo riéndose, sacando por la ventanilla el tubo de cobre.

—Si todas las metralletas fueran como ésta, todo iría mejor —replicó, riéndose, Peppone mientras recuperaba el tubo.

El 1400 partió y Peppone se quedó mirándolo.

«¿Hay algo mejor —pensó— que consolar a un pobre imbécil? ¡Ése es un idiota que, esta noche, dormirá tranquilo y que mañana, al volver a la ciudad, contará a los lechuguinos amigos suyos que el peligro comunista no existe y que la famosa Tierra Baja da risa!»

Peppone, para acabar su trabajo, estuvo bregando hasta las cuatro de la mañana y durmió hasta las once. Habría seguido si *el Flaco* no lo hubiera ido a llamar a esa hora.

A las once y veinte Peppone estaba en la Casa del Pueblo.

—Jefe, ha llegado el inspector de la Federación —explicó *el Flaco*—. Te espera en tu despacho.

Peppone entró en su despacho particular y, como es lógico, se encontró al lechuguino pálido de la noche anterior.

Peppone se asombró al encontrarse al lechuguino pálido y el lechuguino pálido también quedó asombrado al encontrarse al hombretón de la supuesta metralleta.

El lechuguino fue el primero en recobrarse.

—Soy el inspector federal —dijo, presentándose.

—Soy el jefe de la sección y el alcalde —respondió Peppone.

Se dieron la mano.

—La federación quiere saber cómo ha ido la huelga general en el municipio.

—Perfectamente. Abstención total en el trabajo.

—Le felicito, camarada. Y la huelga agrícola ¿cómo se anuncia?

—Aún mejor que la huelga general.

El lechuguino sonrió.

—Muy bien, camarada. Había oído hablar de ti, pero no te conocía. Me alegra haberte conocido.

Se sentaron.

El Flaco llevó una botella y dos vasos; después salió, cerrando meticulosamente la puerta.

Peppone sirvió el vino en los vasos.

Bebieron.

—El de anoche fue un viaje interesante. Eres magnífico, camarada Bottazzi: sabes disimular a la perfección tus verdaderos sentimientos —comunicó el lechuguino.

—También tú, camarada inspector, sabes disimular perfectamente tus verdaderos sentimientos.

El lechuguino sacó solemnemente la conclusión:

—Los dos valemos. El partido puede estar contento de nosotros.

Peppone sacudió la cabeza.

—Ahora —murmuró— hay que ver si nosotros podemos estar contentos del partido.

El lechuguino llenó los dos vasos y dijo:

—Va tirando, camarada Bottazzi.

Lo celebraron bebiendo.

Y luego estuvieron totalmente de acuerdo en reconocer que el Lambrusco (1) es un aperitivo extraordinario y se fueron al Molinito.

Y lo celebraron comiendo.

(1) Vino tinto de aguja que se produce en la región de Módena. (*N. de la t.*)

El pasagatos

Los Gnappi estaban de colonos en la Fossa desde hacía casi un siglo, y la Fossa formaba parte de un grupo de fincas que, desde hacía casi un siglo, pertenecían a los Barotti.

Los Gnappi, pues, podían ser considerados por los Barotti como de la familia; y, sin embargo, cada vez que el viejo Bia, jefe de la tribu de los Gnappi, comparecía por Villablanca, al doctor Barotti le subía la fiebre a cuarenta grados.

Como compensación, cada vez que el doctor Barotti entraba en la era de la Fossa, era a los Gnappi a los que les subía la fiebre.

El doctor Barotti no se había metido nunca en política ni tenía la menor intención de hacerlo; mientras que, por el contrario, los Gnappi sí que se metían, y eso bastaba para convertir en áspera cuestión política cualquier desacuerdo entre propietario y colono.

El hecho de que el doctor Barotti no aceptara, por ejemplo, la propuesta de sacar una hilera de moreras, no tenía nada de político y el doctor Barotti se guardaba bien de hacer de ello una cuestión política; pero así como para él el asunto quedaba meramente circunscrito a la hilera de moreras, para los Gnappi se convertía en un episodio de la lucha entre el capitalista explotador y el trabajador explotado.

Naturalmente, si los Gnappi eran duros, Barotti no era ningún blando, y las relaciones entre propietario y colono se volvían cada vez más tensas.

Hasta que llegó el momento en que Barotti ya no tuvo

más ganas de razonar con gente irrazonable y cortó bruscamente la discusión:

—En resumidas cuentas: la tierra es mía y la quiero cultivar como a mí me parezca. Si esto no os gusta, buscaos otro amo.

El viejo Gnappi levantó el dedo amonestador:

—Antes de hablar así, usted tendría que sentir respeto por alguien que le ha llevado en brazos. Recuerde que hace cuarenta y cinco años, cuando usted era un crío así de grande, se me lo ha hecho encima un montón de veces.

—No es una razón para que ahora yo permita que vosotros lo hagáis encima de mí —respondió Barotti, brusco.

—¡Hubiera sido mejor que en lugar de llevarlo en brazos, como oro en paño, lo hubiera estampado! —gritó Bia, que tenía sesenta y ocho años, pero que, en casos de emergencia, aún podía desatinar como un muchacho de veinte.

Llegadas las cosas a ese punto, no faltaba más que el asunto del pasagatos. Pero resulta que el diablo metió la cola y sucedió el drama del pasagatos.

La tierra de la Fossa desaguaba toda en un canalucho que partía la finca en dos y que desembocaba en el canal nuevo, a través de un pasagatos.

O sea, ese pequeño canal, al llegar al límite este de la finca, se encontraba interceptado por la zanja que marcaba el confín. La zanja pertenecía al propietario de la finca contigua, y para llegar al canal nuevo, el agua de desagüe de la tierra de Barotti tenía que pasar por debajo de la zanja fronteriza; y ahí estaba el famoso pasagatos; es decir, un conducto subterráneo en forma de sifón, de unos diez o doce metros de largo, construido sólidamente en cemento.

A esos artilugios los llaman pasagatos para indicar que vienen a ser como un orificio para gatos, puesto que los gatos, que tienen siete vidas y huesos de goma, consiguen pasar por todos los agujeros.

A nadie se le ocurriría llamarlos «pasaperros» porque, aunque un pasagatos tenga medio metro de diámetro, la tierra, los rastrojos y demás cosas de ese tipo, que se depositan fatalmente en la curva de abajo de todos los sifones de esa clase, llega un momento en que reducen ostensiblemente la capacidad del conducto y, por tanto, achican el orificio.

El perro del doctor Barotti no estaba al corriente de estas cosas, y un día que acompañaba a su amo durante la inspección de los campos, al ver que un gato, después de haber pasado como un rayo por el fondo de la zanja casi seca, se introducía por el agujero del sifón, se lanzó en su persecución.

Y así, tras haber entrado con facilidad en el pasagatos, quedó atrapado miserablemente en el cieno y en los rastrojos del fondo sin conseguir zafarse.

Barotti sólo se dio cuenta una hora más tarde de la triste aventura en que se había metido su perro; o sea, cuando le llamó la atención el desgarrador lamento que subía por el agujero del sifón. Entonces se fue corriendo a casa de los Gnappi a pedir ayuda, pero, al volver junto con dos o tres Gnappi al lugar de la desgracia, pudo tan sólo enviar un conmovido saludo a la memoria de su infeliz perro; alguien, más arriba del canal nuevo, acabadas sus horas de riego, había abierto la compuerta y el agua, al volver a pasar al canal nuevo, había llenado el fondo del pasagatos.

—Amén —murmuró el viejo Bia—. Ha muerto justo como tendría que morir cierta gente que yo me sé.

El doctor Barotti volvió a su casa muy pesaroso y, aunque pasaron los días, no conseguía olvidar a su pobre perro, que había acabado atrapado como un ratón. Más tarde, cuando empezó a llover, tuvo aún más que pensar en ello, porque, al cabo de dos días de lluvia torrencial, el viejo Bia llegó a Villablanca para avisar que el canal de desagüe se había desbordado y que los campos se estaban convirtiendo en la laguna de Venecia.

Barotti se extrañó:

—¿Qué novedad es ésta? ¿No tira el canal nuevo?

—El canal nuevo tira —explicó Bia—. Es el pasagatos el que no tira.

—No es la primera vez que pasa; arregláoslas para desembozarlo.

—No somos nosotros los que lo tenemos que hacer —replicó con frialdad Bia—. Le toca a usted. Lo ha atascado usted.

—¿Yo?

—Sí; el perro no era nuestro, era suyo. El perro no lo teníamos en aparcería.

—¡Vaya forma de razonar! Tampoco el fango, las piedras ni los rastrojos están en aparcería; y, sin embargo, siempre habéis desatascado el pasagatos sin discutir.

Bia meneó la cabeza:

—El razonamiento no es válido. Las piedras, la maleza, el fango son desgracias naturales, como el granizo, o la sequía o la niebla. Cosas de las que ni usted ni nosotros tenemos la culpa. Pero si mañana su perro va y se come una pierna de mi nietecito más pequeño, ¿pagamos la pierna a medias? De su perro el responsable es usted, porque se trata de algo que no tiene nada que ver con la finca. Su perro ha atascado el pasagatos: desembócelo usted. Si no lo desemboza, los daños causados por el agua no los dividiremos, sino que los pagará todos usted.

El razonamiento del viejo Bia era correcto y Barotti, que era doctor en derecho, lo tuvo que reconocer. Simplemente hizo una objeción:

—Sí, todo es lógico. Pero lo que es cierto es que si yo le viera caerse dentro de un canal, a pesar de tratarse de una desgracia que no tiene nada que ver con la aparcería, iría a sacarlo.

—Yo, en cambio, no lo iría a sacar, si le viera caerse dentro del agua del canal —respondió con frialdad Bia—. Yo simplemente cumplo con lo que está escrito en el contrato.

—Muy bien: de ahora en adelante también lo haré yo.

El doctor Barotti mandó a la Fossa a cinco hombres con la orden de dasatascar el pasagatos a cualquier costo. Y el pasagatos fue desatascado y el agua de desagüe volvió a hallar su cauce habitual; pero, desde entonces, cada vez que fue a inspeccionar los cultivos en la Fossa, se hizo acompañar por dos testigos.

Y cada vez que encontró algo irregular, lo comunicó a los Gnappi, ya no de palabra sino por carta certificada.

Después de recibir la quinta carta, los Gnappi se pusieron furiosos, y el mayor de los hijos de Bia, tras enseñarle los documentos de provocación a Peppone, le explicó:

—Jefe, la próxima vez que Barotti aparezca en la era lo voy a echar a patadas junto con esos condenados que lleva consigo de testigos.

—Tú la próxima vez no vas a echar a nadie a patadas —le contestó Peppone—. Si se comporta como un miserable, compórtate tú también como un miserable. Mándale tú también cartas certificadas.

Gnappi lo miró confundido:

—¿Y qué le escribo?

—Todo lo que no esté bien. Reparaciones que hay que hacer, servicios higiénicos, abusos, injusticias, vejaciones, infracciones contractuales y cosas así.

No pareció que la explicación disipara las dudas de Gnappi.

—Jefe, Barotti es un cerdo, pero los pactos los cumple.

—¡Figúrate si un maldito terrateniente va a cumplir los pactos! —replicó Peppone, carcajeándose—. Los pactos no son sólo los que están escritos en el contrato; hay deberes que no están escritos en el contrato y que son los más importantes. ¿Está escrito en el contrato que el amo se compromete a darte una acequia sin escarabajos?

—No.

—¿Y en tu acequia hay escarabajos?

—¡A miles!

—Así entonces, ¿tu amo cumple con el progreso social?

—No.

—Bien: empieza por los escarabajos. Testigos y carta certificada. Si no se encarga de ponerte la acequia conforme a los reglamentos higiénicos, manda una carta al alcalde que hará que vaya a tu casa el inspector de higiene para verificarlo y hacer la denuncia.

Gnappi volvió a su casa y se preparó la primera acción de represalia con escarabajos certificados.

Al cabo de cuatro días, Gnappi volvió a ver a Peppone:

—Ha contestado.

—¿Y qué dice?

—De poner una vez por semana los polvos blancos en el fondo y en las paredes. Ha mandado también los polvos blancos. Van muy bien: los escarabajos han desaparecido.

Peppone se puso verde de rabia.

—Os dejáis tomar el pelo como unos tontos —gritó—. De todos modos, insistid. Atacad ahora con el asunto de las letrinas. ¿Cómo está vuestra letrina?

Gnappi abrió los brazos:

—Como todas las demás: un asco.

—Bien: enviad una carta certificada; si no se ocupa de ello, le enviaremos nosotros un apremio.

Los Gnappi escribieron y Barotti respondió inmediatamente: «Tomo nota de su justa observación. Me voy a ocupar inmediatamente de encargar una completa instalación higiénica. En cuanto el ayuntamiento ponga el agua potable, avísenme para hacerla instalar. En el caso de que el ayuntamiento no vaya a poner el agua potable, ya me encargaré yo de la subida eléctrica del agua, siempre y cuando el ayuntamiento me indique dónde puedo encontrar los cuatro millones necesarios para los tres kilómetros y medio de tendido eléctrico. Estoy dispuesto a instalar un pozo con subida por motor de explosión o con bomba de aspiración manipulada a mano siempre y cuando el ayuntamiento les obligue también a hacerlo a todos los demás propietarios.»

Se trataba de un asunto complicado desde todos los aspectos, y Peppone decidió sobreseerlo. Aconsejó a Gnappi que atacara con las ofrendas de género.

—¿Le entregáis ofrendas de género?

—Claro: pollos, huevos, etcétera, como todos los demás.

—Este tipo de entregas de género están prohibidas por la ley. ¿No lo sabes?

—Sí, pero se dan al amo al margen del contrato, porque las gallinas y el cerdo son del colono y no a medias con el amo.

—Esto no importa: ¿en el contrato se te prohíbe tener pollos y cerdos?

—No.

—Esto es lo importante. Cuando venza el contrato, ya veremos.

Los Gnappi discutieron el asunto de las entregas de ofrendas de género y lo encontraron perfecto. Esperaron el primer vencimiento y actuaron.

Mandaron una carta certificada: «Habiéndonos enterado que las entregas de ofrendas de género están prohibidas, hoy, en lugar de mandarle los dos capones impuestos por usted ilegalmente, le enviamos esta carta. Utilícela para hacer caldo: saldrá un caldo ligero, pero justo.»

Barotti se lo tomó muy mal no por los capones, porque le sobraban, sino por la mezquindad. Y decidió acabar con todo el asunto.

Mandó a su vez una carta certificada: «Habiéndome enterado que ustedes, además de mi finca, explotan con ayuda de asalariados, en arrendamiento, la finca Pioppetta de otro propietario, ya no pueden ser considerados como cultivadores directos. Por tanto, al tener que colocar a un cultivador directo me siento obligado, muy a pesar mío, a tenerles que desahuciar.»

Desde aquel momento el doctor Barotti no se dejó volver a ver más por la Fossa y los Gnappi se enfurecieron.

El asunto se fue complicando cada día más porque Peppone y los rojos se lo tomaron como algo personal.

Se vieron carteles en las esquinas, artículos de periódico y, en los pilares de la verja de Villablanca, una mano misteriosa escribió con alquitrán: « ¡Barotti, explotador del pueblo, se acerca tu hora! »

Pero Barotti tenía la ley a su favor. Tenía la ley y la copia de las cartas certificadas. La guerra duró todo un año, pero por San Martín, los Gnappi tuvieron que desalojar y trasladarse todos ellos a la finca que Bia había arrendado.

Llegó San Martín, y el último camión cargado de enseres de los Gnappi salió de la era de la Fossa.

Lo conducía el hijo mayor de Bia, que, una vez atravesado el puentecillo, se puso a un lado del camino y paró el motor.

—¡Eh, oiga! ¡Dese prisa, que está a punto de ponerse a llover! —gritó el hombre al padre, que estaba debajo del pórtico, junto con el hombre al que el doctor Barotti había encargado para que le entregaran la finca con todos sus bienes.

El viejo Bia se puso en camino; llevaba cogido de la mano a un niñito de corta edad, el más pequeño de los cinco nietos, y lo seguía *Togo*, el decrépito perro de pajar.

Al llegar en medio de la era vacía y desierta, el viejo Bia se paró:

—Yo no me muevo de aquí —dijo—, si no me viene a despedir.

El hombre de confianza de Barotti se quedó con la boca abierta.

—Pero... —balbuceó— ¿cómo se va a hacer? No sé si...

Gnappi hijo intervino desde lo alto del tractor.

—¡Padre —gritó—, venga! Se va a poner a llover. ¡Deje estar a ese desgraciado!

—¡Cállate tú! —respondió el viejo duramente.

Después se volvió hacia el hombre de confianza.

—Yo no me muevo de aquí si ése no me viene a despedir —repitió con voz firme.

Empezó a caer el agua, espesa y fina; el viejo puso al niño bajo el tabardo y el perro se acurrucó a sus pies.

—Al cabo de cien años, los Gnappi dejan la Fossa —dijo el viejo—. En un siglo bien habrán hecho algo bueno los Gnappi por los Barotti.

El hombre de confianza, al ver que el viejo se había plantado allí bajo la lluvia como una estatua, se subió a su coche Topolino y partió a toda velocidad en dirección a Villablanca.

El doctor Barotti estaba en su despacho, delante del fuego.

—Bia quiere verle —explicó el hombre de confianza en cuanto llegó.

—¡Que se vaya al infierno con toda su ralea! —respondió Barotti.

—Está allí en medio de la era, con un niño y el perro. Bajo la lluvia. Dice que si no va a saludarlo no se mueve. El hijo lo está esperando con la última carga en el camino. En su lugar yo no iría. El hijo está medio loco, ya lo sabe.

Barotti se levantó:

—Usted quédese, iré solo.

Barotti, al llegar ante el puentecillo de la Fossa, paró el coche y se bajó. Gnappi hijo, que estaba aún sentado al volante del tractor, volvió la cara hacia el otro lado en acto de desprecio. Barotti se encaminó hacia el puentecillo y vio al viejo Bia con su tabardo negro, quieto bajo la lluvia en medio de la gran era desierta.

Cuando el doctor Barotti se encaminó por el puente, el tabardo negro del viejo se movió y salió el niño.

Togo, que estaba acurrucado, se levantó.

Barotti, tras un segundo de vacilación, se dirigió decidido hacia el viejo Bia.

El viejo Bia se soltó el tabardo.

—Al cabo de un siglo los Gnappi se van de la Fossa —dijo el viejo Bia—. Vinieron como personas honradas y se van como personas honradas, con la frente bien alta.

La mano derecha del viejo Bia asomó del tabardo y se encontró a mitad de camino con la mano derecha de Barotti.

El apretón de manos fue duro y largo, a lo campesino.

Cuando la mano derecha del viejo Bia volvió bajo el tabardo, salió la mano izquierda que tenía agarrados por las patas dos hermosos capones.

—A cada cual lo suyo, y cada cual a su destino —dijo el viejo Bia, ofreciendo a Barotti los dos capones.

Barotti se quedó de piedra, allí con los dos capones en la mano, mientras el viejo Bia se dirigía lentamente hacia el puente con el niño y el perro.

Al llegar al puentecillo, Bia se volvió, y con un gesto ampuloso y solemne, se quitó el sombrero.

Con gesto ampuloso y solemne Barotti se quitó el sombrero.

El viejo Bia se volvió a cubrir con el sombrero, dio media vuelta y subió al tractor.

El tractor retumbó, se puso en marcha, desapareció.

Ahora todo estaba desierto y abandonado: el camino, la gran era.

Y en medio de la gran era desierta y abandonada el doctor Barotti seguía allí plantado como un palo, con el sombrero en la mano derecha y los capones regalados en la izquierda.

Y no sabía si estaba oyendo el restallar del tractor que se alejaba, o si estaba oyendo los latidos de su corazón.

Cómo llovía.

Recordando a una vieja maestra de pueblo

—Este año —explicó *el Flaco*— parece que el director quiere hacer las cosas a lo grande con lo de las plantas.

—¿Qué plantas? —preguntó Peppone, que, sentado en la mesa de su despacho, estaba firmando unos papeles.

—Las plantas de la escuela —murmuró *el Flaco*—. Vamos, la fiesta de las plantas.

—Las plantas de la escuela se llaman árboles —precisó Peppone—. Por tanto, la fiesta de las plantas se llama fiesta de los árboles.

—Plantas o árboles, de lo que se trata es que mañana por la mañana llegarán al pueblo un montón de pelmazos de la ciudad: prefecto, subgobernador, etcétera.

Peppone paró de firmar.

—Por mí que venga el Papa, yo no me pienso mover —afirmó decidido—. No tengo tiempo que perder con estas memeces.

El Flaco se encogió de hombros.

—Jefe, las plantas no son ninguna memez, a mi entender.

—Las plantas no, pero las autoridades ciudadanas, sí —estableció Peppone—. Somos capaces de plantar árboles, aunque no vengan a enseñárnoslo los de ciudad. Las autoridades sólo se mueven de sus sillones cuando hay que oír cantar a los niños de las escuelas o cuando hay que cortar la cinta para inaugurar algo que ya ha sido hecho. Cuando hay pegas y dificultades, seguro que no se mueven. Que se mueran.

Entonces *el Flaco* intentó aún hacer entrar a Peppone en razón:

—Jefe, estoy de acuerdo: son todos unos desgraciados, desde el gobernador hasta el ujier. Pero tú, como alcalde, tienes el deber...

—¡Como alcalde tengo el deber de pensar en cosas más serias! —gritó Peppone, dando un porrazo en la mesa.

El Flaco zanjó el asunto y se guardó bien de volver sobre el tema; de modo que Peppone, aquella noche, se fue a la cama habiéndose olvidado completamente de árboles, fiestas y autoridades.

Fueron a recordarle el asunto *el Pardo* y *el Brusco* a la mañana siguiente:

—Están a punto de llegar las autoridades. Hay una gran expectación en el pueblo, y la calle que va a la escuela está abarrotada de gente. Date prisa; si llegas con retraso, vas a perder un montón de puntos.

Peppone se tenía que vestir de alcalde, afeitarse, mandar a buscar los zapatos nuevos al zapatero, y perdió la calma. Se hizo un lío, soltó ráfagas de reniegos y de gritos como para hacer temblar las tejas del tejado y, si *el Pardo* y *el Brusco* no lo hubieran ayudado, no hubiera llegado a conseguir arreglarse para estar presentable.

Cuando Dios quiso, Peppone pudo salir de casa; pero ya habían llegado todas las autoridades y el gentío era tan denso en el gran patio de la escuela que, para entrar, Peppone tuvo que transformarse de alcalde en *Panzer*.

Las autoridades estaban ya en el palco decorado en blanco, rojo y verde, y Peppone, al ver que el director didáctico había sacado un gran pliego y se disponía a pronunciar su discurso, se sintió invadido de desesperación; si no conseguía izarse al palco antes de que aquel desdichado empezara a hablar, estaba perdido.

No lo logró: el director soltó el chorro en seguida y Peppone, tras haber provocado con su agitación muchos rabiosos siseos, se quedó quieto, lleno de coraje.

El director hablaba muy bien; era uno de esos oradores fenomenales que consiguen desgranar medio millón de hermosas palabras sin decir nada. Son los oradores que más gustan a las multitudes, porque la gente los escucha como si fueran cantantes y no tiene que preocuparse en lo más mínimo de seguir el sentido de su razonamiento.

Peppone lo estaba escuchando con la boca abierta, cuando alguien, por detrás, le susurró al oído:

—Muy bien, el primer ciudadano, y el último en llegar.

Peppone ni tan siquiera se volvió.

—En todo caso el penúltimo —murmuró bajo—. Hay alguien que ha llegado después del alcalde al parecer.

—He llegado aquí antes que los demás —explicó don Camilo—. Me he quedado aquí porque no quería encontrarme al lado de ciertos individuos, en el palco de las autoridades. De todos modos, recuerda que has hecho quedar al pueblo como un trapo. Las más altas autoridades provinciales honran con su presencia al pueblo participando en esta fiesta, y no hay ni un mal alcalde o teniente de alcalde que las reciba.

Peppone se quitó el sombrero y se secó el sudor.

—¡Métase en sus cosas! —dijo apretando los dientes—. De las mías me ocupo yo.

—Son también cosas mías, porque yo también formo parte de la población —replicó don Camilo.

—¡Los curas no tienen patria! —respondió enérgico Peppone.

Don Camilo estaba detrás de Peppone y su primer impulso fue el de propinarle una patada en el trasero al alcalde. Pero renunció a la idea por obvias razones y, sobre todo, por falta de espacio. Porque, en realidad, apretujado a los lados por la muchedumbre y bloqueado por delante por la espalda de Peppone, don Camilo tenía detrás suyo la verja que rodeaba el amplio jardín de la escuela.

Mientras tanto, el director seguía hablando; aunque

ya estaba finalizando, al llegar a la última cuartilla dirigió la mirada del lado de don Camilo y, al divisar a Peppone, sonrió y añadió a su discurso:

—Y ahora quisiera dar las gracias a las autoridades y lo hago en nombre del profesorado. En nombre del pueblo lo hará, por su parte, el alcalde.

El orador señaló con un gesto amable a Peppone y Peppone sintió inmediatamente un millón de ojos encima suyo.

Después oyó la traca final del director, oyó los aplausos que saludaron el disparo final del director. Luego ya no oyó nada.

La verdad es que nadie resollaba y todos estaban en espera de que el alcalde tomara la palabra.

Todos estaban expectantes, y, a excepción de los pertenecientes al bando rojo, los demás esperaban con diabólica alegría que Peppone empezara a soltar sus habituales disparates para poder chancearse durante dos o tres meses en el café o en casa, en familia.

Peppone sudaba y estaba nervioso, pero sin conseguir abrir la boca.

—¡Por favor! —le dijo sonriendo desde el palco el director—. Acérquese al micrófono, señor alcalde. Tengan la amabilidad de dejarle pasar.

Ya no se podía zafar.

—Gracias —respondió Peppone—. Pudemos hablar más mejor desde aquí...

La reacción estalló de regocijo: «pudemos» y «más mejor». La cosa prometía ser colosal.

Era una fría mañana de noviembre y la niebla era ligera, pero entraba en los pulmones como hielo licuado; don Camilo se subió el tabardo casi hasta los ojos y se arrebujó dentro de la caliente capa negra.

«Podemos hablar bastante mejor desde aquí», dijo el tabardo de don Camilo.

—Podemos hablar bastante mejor desde aquí —repitió Peppone.

«Porque hemos querido quedarnos aquí», sugirió el tabardo de don Camilo.

—Porque hemos querido quedarnos aquí —repitió Peppone.

«Para sentirnos como entonces, cuando éramos niños, como estos cientos y cientos que nos rodean», sugirió el tabardo de don Camilo.

—Para sentirnos como entonces, cuando éramos niños, como estos cientos y cientos que nos rodean —repitió puntualmente Peppone.

«En este mismo patio asistíamos al rito noble del trasplante de los árboles, y el cielo y el pueblo estaban como los demás días, pero había algo ensoñador en el aire.»

Peppone estaba formidable: repitió palabra por palabra la larga perorata, y el tabardo de don Camilo sugirió aún:

«Y nuestra vieja maestra estaba con nosotros.»

Peppone tuvo una breve vacilación, luego se sacó el sombrero y dijo en otro tono de voz:

—Y nuestra vieja maestra estaba con nosotros...

«Y hoy, al cabo de tantos años —sugirió el tabardo de don Camilo—, aquel asombro se renueva...»

Pero Peppone no captó lo que le apuntaban y dijo:

—Nuestra vieja maestra estaba con nosotros, aquella mañana lejana. La vieja señora Giuseppina, que ninguno de nosotros no ha conocido nunca joven, quizá porque nunca ha sido joven. La vieja señora Giuseppina, que ha muerto, pero que aún está viva, porque no puede morir y que ahora está aquí y que yo siento que está allí, detrás de aquellos colegiales que están agrupados, clase por clase, alrededor de sus maestras.

»La señora Giuseppina está también allí, con su vestido negro de siempre, con su sombrerito negro de siempre sobre sus blancos cabellos. Con su cejo de siempre; y, de vez en cuando, su mano pequeña y seca blande el aire para hacer sentir el sabor de los huesos viejos a alguna sesera pelada.

La gente no se rió. Y Peppone prosiguió:

—Porque también la señora Giuseppina está aquí, y también ella, como todas las demás maestras, tiene a su alrededor a su alumnado. Están todos. No falta ni uno: Diego Perini, muerto a los ocho años, atropellado por las ruedas de un carro; Angiolino Tedai, muerto a los seis años de tifus; Tonino Delbosco, muerto a ventidós años en la guerra. Mario Clementi, Giorgino Scamocci, Dante Fretti, Girolamo Anselmi, Giuseppe Rolli, Alvaro Facini... Están todos, no falta ni uno y están alrededor de doña Giuseppina. Y todos, también aquellos muertos a cuarenta o a cuarenta y cinco años, conservan aún sus caras de niños. Todos están tal cual como cuando eran colegiales: doña Giuseppina los ha ido tomando uno por uno y ahora, después de haberles enseñado las reglas de la gramática, les enseña las reglas de la eternidad.

»Éste es para mí el significado de la fiesta de esta mañana y los arbolitos que ahora vosotros, niños, vais a plantar en la tierra son como el lazo de unión entre la muerte y la vida: entre la vida que está encima y la muerte que está debajo. Y si el futuro del árbol y su progreso hacia arriba están encima de la tierra, sus raíces están bajo la tierra. Y esto significa que el futuro se alimenta del pasado. Desgraciados los que no cultivan el recuerdo del pasado: son gente que no siembra en la tierra, sino en el cemento...

Peppone se secó el sudor y luego añadió con voz sosegada:

—Niños, os hablo a vosotros, jóvenes árboles que alimentáis con nuevas frondas el bosque de la vida, y os digo, no como actual alcalde, sino como ex escolar: sé que ahora mi vieja maestra está aquí junto a todo su alumnado; lo sé con toda seguridad y podría verla, a mi vieja maestra, con sólo girar la cabeza hacia cierto lado. Pero no tengo el valor de girar la cabeza hacia ese lado porque he sido el peor escolar del mundo. No tengo el valor de mirar a la cara a mi vieja maestra. Que no os tengáis que encontrar un triste día en mi situación...

»Viviré todo lo que el destino quiera y, cuando me muera, yo también me presentaré, como se han presentado los otros, a mi vieja maestra. Y temo que no me vuelva a querer en clase. Temo que me diga, como me dijo entonces cuando cometí una travesura peor que las otras: « ¡Fuera de aquí, Barrabás! »

Peppone acabó el discurso bajando la voz, cabizbajo, dándole vueltas y más vueltas a su sombrero entre las manos y la gente se quedó atónita durante unos instantes. Después prorrumpió en un desesperado aplauso.

Peppone no pudo seguir más allí y se deslizó entre el muro y la gente. Fuera de la verja, se lo tragó la niebla.

Al llegar al primer camino de carros, dejó la carretera sin importarle nada ni los zapatos nuevos ni el traje de alcalde.

Caminó despacio, con la cabeza baja, dirigiéndose hacia el camino de la orilla para ir a su casa dando un rodeo al pueblo.

Oyó acercarse a don Camilo, que se puso a caminar a su lado, pero no le dijo ni palabra.

Tampoco habló don Camilo.

Llegaron hasta el muro de contención y aún parecían más perdidos, porque el muro estaba sumergido en la niebla y no se veía nada más que la tira de la carretera, casi como si fuera una carretera suspendida en el aire.

Caminaron despacio con la cabeza baja, en el gran silencio, hasta que don Camilo oyó una sosegada voz a sus espaldas:

«Camilo, te he dicho más de mil veces que no tienes que apuntar cuando se pregunta a alguien. Eres un asno. Eres un asno, aunque el desgraciado de tu padre te quiera mandar al seminario. ¡Seminario! Sería mejor que te enviara a hacer de mozo.»

Don Camilo siguió recto, porque, si se hubiera vuelto y hubiera contestado, seguramente Peppone le habría tomado por loco.

Luego la voz se dirigió a Peppone:

« ¡Barrabás! ¡Barrabás! ¿Has visto cómo has acabado? Jefe de los barrabases del pueblo. Jefe de los sin Dios, cabecilla de los anárquicos...»

—Yo... —balbuceó Peppone. Pero la voz le apremió:

« ¡Calla! Y pórtate bien, si no quieres que te eche como entonces, cuando te presentaste en clase... En cuanto a la lección que has dado esta mañana... Bueno, te daré el aprobado: seis.»

—¡Es una injusticia! —susurró Peppone.

« ¡Seis menos! Y si vuelves a protestar, te pondré un cinco. En cuanto a ese asno que te ha apuntado mal, le pondré un cuatro.»

La voz se calló y los dos hombres siguieron andando mudos por entre la niebla.

Después, de repente, se pararon, se miraron a la cara y, como si se hubieran puesto de acuerdo, se volvieron hacia atrás.

Claro: doña Giuseppina estaba allí al fondo, parada en el muro de contención y a su alrededor estaban todos sus escolares muertos.

Doña Giuseppina alzó el brazo y agitó en el aire un dedo amenazador.

Don Camilo y Peppone se volvieron de golpe y reemprendieron su camino casi corriendo.

Don Camilo caminaba farfullando de prisa oraciones, y de vez en cuando Peppone decía: «Amén.»

¡Vaya pueblo desquiciado!

«Togo»

Sucedió uno de esos hechos que generalmente suelen acabar en las páginas de colores del periódico la *Domenica del Corriere.* Sin embargo, ningún periódico habló de ello a causa de ciertas implicaciones que indujeron a la gente del pueblo a hacer ver que no habían visto nada ni oído nada.

Era la tarde del día de san Silvestre, y en todas las casas se estaban afanando en preparar la gran cena de medianoche y la matanza del año.

Los que no estaban en las casas, estaban dando vueltas por el pueblo, yendo de una a otra tienda, o zanganeando bajo los soportales.

Los chiquillos estaban ya desazonados desde primeras horas de la mañana y engañaban la espera de la algarabía final sacrificando algún petardo y algún buscapiés.

En la era de los Rosi había como medio regimiento de chiquillos y, a pesar de los gritos de los mayores, se disparaba como en todos los demás sitios.

Pero cuando llegó el momento de sacar a abrevar a los animales de los establos, el viejo Rosi se puso en medio de la era y advirtió que si oía una sola detonación, iba a dar de correazos a toda la pandilla.

Los muchachos dejaron de armar ruido y los animales pudieron beber tranquilamente. Pero, justo cuando le llegó el turno a *Togo,* un maldito cohete salió disparado de detrás de la granja y, después de haber atravesado silbando la era, fue a estallar en el hocico de *Togo.*

Togo era un toro *carnation* colosal: una especie de

carro armado de carne y daba miedo sólo de mirarlo.

Al sentirse explotar aquel artefacto infernal en el hocico, se volvió loco.

De un bote se soltó del vaquero y, tras destrozar la gruesa barrera de madera colocada entre las dos pilastras del pórtico, en un instante estuvo en el camino.

La era de los Rosi estaba, por así decir, casi en el pueblo y, al cabo de cincuenta metros, el camino se convertía en calle que pasaba entre las casas del pueblo para ir a desembocar, a unos cien pasos, en la plaza.

De modo que, en el momento en que los Rosi, recobrándose de golpe inesperado, partían en persecución de *Togo*, éste llegaba como un rayo a la plaza.

Fue una cuestión de pocos segundos y no fácil de explicar: el hecho es que *Togo* estaba a punto de desahogar su furia contra un grupo de mujeres que gritaban y que habían quedado atrapadas entre una pared y dos camiones aparcados, cuando el comandante de puesto de los *carabinieri*, salido Dios sabe de dónde con la pistola empuñada, le cortó el camino.

El comandante de puesto disparó hiriendo de refilón a *Togo*, lo que enfureció aún más al animal.

El comandante de puesto y varias de las mujeres atrapadas en la trampa de los dos camiones estaban listos.

Sólo una ráfaga de fusil ametrallador que hubiera hecho estallar la cabeza a *Togo* hubiera podido frenar la trágica carrera del toro furioso.

Y la ráfaga del fusil ametrallador llegó en el momento justo.

No se sabe de dónde llegó; lo que sí, es que llegó; y la enorme bestia fue a derrumbarse justo a los pies del comandante de puesto.

El comandante de puesto enfundó la pistola y, quitándose la gorra, se secó la frente empapada de sudor y se quedó allí, mirando la corpulencia de la bestia.

A su alrededor la gente armaba un gran barullo y las mujeres chillaban como si aún estuvieran bajo la amenaza de *Togo*; pero el comandante de puesto oía sólo el sonido del fusil ametrallador.

El arma había disparado su fulminante ráfaga y después se había callado, pero para el comandante de puesto aún seguía sonando. El comandante de puesto estaba seguro de que, si se hubiera girado y hubiera levantado la vista, habría localizado con total exactitud la ventana desde la que se había disparado la metralleta.

Por eso, el comandante de puesto sudaba. No porque el peligro le hubiera hecho entrar miedo, sino porque sentía quc *tenía* que volverse y no tenía el valor de hacerlo.

La verdad es que ni pudo girarse, porque se sintió agarrar por un hombretón excitadísimo, que no era otro que don Camilo.

—¡Bravo, comandante! —gritó don Camilo—. ¡Toda esta gente le debe la vida!

—¡Ha sido muy valiente de verdad! —graznó una vieja cretina—. Pero si no hubiera sido por el que ha disparado con la...

Quería decir «el que ha disparado con la metralleta», pero no lo logró, porque alguien le propinó tal pisotón en un pie que le hizo perder el sentido. Y en seguida fue engullida por el gentío.

—¡Bravo, comandante! —gritó la gente—. ¡Bravo!

Don Camilo volvió a la rectoría y cspcró tranquilamente que apareciera el comandante de puesto.

Y justo al cabo de una hora más o menos, éste se presentó.

—Padre —dijo el comandante de puesto—, usted es la única persona con quien puedo hablar abiertamente. ¿Me quiere escuchar?

—Para eso estoy aquí —contestó don Camilo, al tiempo que le hacía sentar delante del fuego de la chimenea.

—Padre —dijo al cabo de unos momentos de silencio el comandante de puesto—, ¿ha visto usted cómo se ha desarrollado el hecho?

—Sí; en aquel momento yo estaba saliendo del estanco, adonde había ido a comprar sellos. Lo he visto todo perfectamente. Le he visto lanzarse sobre el animal, disparar y fulminarlo.

El comandante de puesto meneó la cabeza sonriendo:

—¿Usted me ha visto disparar al toro con la pistola y fulminarlo con una ráfaga de metralleta?

Don Camilo abrió los brazos:

—Comandante, yo no entiendo de armas ni de balística; yo sólo sé que usted empuñaba un arma de fuego y no podría decir con conocimiento de causa de qué arma se trataba.

—Entiendo —mascultó el comandante de puesto—. ¡Vamos, que lo que usted me quiere decir es que no sabe distinguir un disparo de revólver de una ráfaga de metralleta!

—En el seminario no enseñan estas cosas.

—En las escuelas del ejército sí que las enseñan —afirmó el comandante de puesto—. Y, por tanto, yo tengo concretamente el deber de saber que aquel animal, sobre el que yo he disparado con pistola, ha muerto porque ha sido alcanzado por una ráfaga de fusil ametrallador.

—Comandante, si usted lo dice, no sé qué objetar. No es materia de mi incumbencia. De todos modos, lo importante es que el toro haya muerto antes de que les hubiera despanzurrado a usted y aquellas pobrecillas que estaban detrás suyo. No creo que sean ahora oportuno plantear una polémica de carácter balístico.

El comandante de puesto suspiró:

—Padre, aquella ráfaga de metralleta me ha salvado la vida a mí y a numerosas otras personas, esto es indudable. Pero también es indudable que una ráfaga de fusil ametrallador sólo puede ser disparada por un fusil ametrallador.

Don Camilo se encogió de hombros:

—Comandante, como ya le he explicado, yo no entiendo en asunto de armas de fuego, pero, si me es permitido expresar mi opinión, le diré que eso que usted define como «ráfaga de metralleta» podría haber sido disparada, por ejemplo, por una escopeta de caza cargada con proyectiles.

—Si se tratara simplemente de explicar la cosa a mis superiores, la tesis de los proyectiles podría estar bien —respondió el comandante—. Pero ¿cómo me lo puedo explicar a mí mismo? Ve, padre: el *carabiniere* nunca está sólo, siempre tiene a un *carabiniere* de guardia aquí dentro.

El comandante de puesto se golpeó el pecho y don Camilo sonrió:

—Y si se hubiera muerto, ¿dónde estaría ese *carabiniere* que tiene ahí dentro?

—Se habría muerto también. Pero no me he muerto y el *carabiniere* que tengo aquí dentro me dice: «En el pueblo hay alguien que tiene un fusil ametrallador en perfectas condiciones. Esto representa un delito contra la ley: ¡procede!»

Don Camilo encendió el medio toscano y aspiró unas bocanadas:

—Comandante, es inútil que sigamos con las adivinanzas: hable claro. Si tiene alguna sospecha sobre mí, proceda. Aquí estoy a su disposición y a la de su *carabiniere* interno.

—Padre, no bromeemos; sé perfectamente quién ha disparado la ráfaga de metralleta. Y usted también lo sabe. Lo sabe mejor que yo porque usted *lo ha visto.*

Don Camilo miró fijamente a los ojos al comandante de puesto.

—Usted se ha equivocado de puerta —exclamó con voz dura—. Para este tipo de informaciones diríjase a cualquier otro sitio menos aquí. Si esto no le gusta, denúncieme por reticencia. Yo, aquí, dentro, no tengo un *carabiniere* de guardia, tengo mi conciencia, que le puede enseñar muchas cosas a usted y a su *carabiniere.*

—¡No podrá nunca enseñarnos que un ciudadano particular, que además resulta ser el jefe local de los fautores de la revolución y de la justicia popular, pueda tener un fusil ametrallador! —gritó el comandante.

—Yo no quiero saber nada ni de jefes locales, ni de revoluciones —replicó don Camilo—. Yo sólo quiero que sepa que mi oficio no es el de espía. Y si lo que viene buscando es que yo delate a alguien, ya se puede marchar.

El comandante de puesto meneó la cabeza:

—Lo único que quería de usted era tan sólo saber cómo puede un hombre honrado denunciar a quien le ha salvado a él y a otras personas. Y quería también saber cómo un hombre honrado puede no denunciar a quien posee un arma que representa un grave peligro para la comunidad.

La ira de don Camilo se aplacó.

—Comandante, el peligro no es quien posee el arma, sino el arma en sí. Hay que tener en cuenta que se ha dramatizado demasiado, por razones de polémica política, sobre las llamadas metralletas. Las metralletas son un arma horriblemente mortífera, pero esto no quiere decir que todo el que posee una metralleta tenga que ser un delincuente, un peligro para la sociedad. Para la sociedad puede ser peligroso también el que posea un clavo o un cuchillo de cocina. Al fin y al cabo, para los que han combatido, las armas se convierten en un recuerdo querido porque recuerdan un pasado honroso, duros días de sacrificio, de fe, de esperanza...

—Comprendo —interrumpió el comandante de puesto—. Un *souvenir*, una fruslería bien lubricada que, de una ráfaga, puede tronchar al toro más corpulento de la región...

—Y salvar, así, de la muerte a un comandante de puesto y a varios ciudadanos —añadió don Camilo.

El comandante se levantó.

—Padre —exclamó—, puedo buscar al poseedor del fusil ametrallador y quizá no lo pueda encontrar. Pero lo que debo hallar a cualquier precio es el fusil ametrallador.

También don Camilo se levantó:

—Usted encontrará el fusil ametrallador. Yo me comprometo a entregárselo.

Al salir el comandante de puesto, don Camilo se fue volando a casa de Peppone:

—Tú has matado al toro bravo. Pero ahora deshazte de la metralleta.

Peppone lo miró extrañado:

—¿Qué le pasa, padre?

—Peppone, el comandante de puesto sabe que has sido tú quien ha disparado. Aunque le hayas salvado la vida, su deber es el de denunciarte por tenencia ilícita de arma...

—El comandante de puesto está loco —se carcajeó Peppone—. No puede saber nada por la sencilla razón de que yo no poseo ninguna metralleta ni se me ha pasado nunca por la imaginación disparar a los toros.

—Peppone, deja de bromear: has disparado tú. Yo te he visto, con mis propios ojos.

—Pues váyase a contárselo al comandante de puesto. ¿Por qué me lo viene a contar a mí?

—Yo no soy un espía; yo soy un ministro de Dios y Dios no necesita que yo le informe de lo que pasa aquí o en cualquier otro lugar.

Peppone meneó la cabeza:

—Usted es ministro del Vaticano y de América, y por eso siempre intenta enredar a las personas cabales.

Don Camilo había decidido no dejarse provocar y no le hizo caso.

Lo que hizo fue intentar explicar a Peppone la angustiosa situación del comandante de puesto, y lo hizo con todo el ardor. Rogó, imploró, suplicó.

Pero Peppone le respondió con una carcajada:

—No entiendo a qué pretende aludir. Yo no sé nada

ni de metralletas, ni de toros, ni de comandantes. Pruebe en otra parte. A lo mejor obtendrá mejor resultado. Pruebe con el párroco: si insiste, alguna metralleta sacará.

Don Camilo se fue de casa de Peppone totalmente descorazonado.

—No lo voy a sentir por ti, si te denuncian —le dijo a Peppone antes de salir—. Te lo mereces porque eres un desgraciado. Lo siento por el comandante, que se verá obligado a pagar con una denuncia al que le ha salvado la vida a él y el pan a sus hijos.

—Tranquilícese —dijo, riéndose con sorna, Peppone—, que si hubiera tenido una metralleta, como usted dice, yo no le habría disparado al toro, sino al comandante.

Al llegar a su casa, don Camilo seguía sin estar en paz y siguió andando arriba y abajo por el zaguán frío de la rectoría.

Al final, tomó una resolución y subió corriendo las escaleras. El amplio y polvoriento granero estaba completamente a oscuras, pero don Camilo no necesitaba de luz para encontrar lo que buscaba.

Encontró en seguida el tubo de la chimenea que subía hacia el techo. Y encontró el famoso ladrillo que, al empujarlo a la derecha, sobresalía por la izquierda. Una vez sacado el ladrillo, don Camilo introdujo el brazo en el agujero y exploró con la mano hasta que encontró con los dedos el clavo. El clavo estaba enganchado a un alambre. Lo desenganchó y empezó a estirar, ayudándose con la mano, que no había entrado en el agujero.

Dejó de estirar cuando se acabó el alambre y empezó a aparecer una caja estrecha y alargada.

Una vez sacada la caja y extraído su contenido, se fue a encerrar a su habitación para controlar si todo estaba como era debido.

Después se tapó con el tabardo y salió.

Pasó el seto del huerto y tomó por el camino de los campos.

Al llegar al matorral del Canaletto, esperó que sonara la medianoche.

Y cuando al sonar las doce de la noche la gente empezó a disparar por doquier para matar el año, también él disparó algunos tiros, a distancia de algunos segundos uno de otro.

Después se dirigió al cuartel de los *carabinieri*.

El comandante de puesto aún estaba levantado y don Camilo cuando estuvo en su presencia dijo:

—Aquí tiene lo que usted llama metralleta. No me pregunte de dónde viene, no me pregunte quién me la ha dado.

—No le pregunto nada —respondió el comandante de puesto—. Me limito a darle las gracias por su ayuda. Feliz año nuevo.

—Feliz año nuevo para su usted y para su *carabiniere* interno —mascculló don Camilo, volviéndose a tapar con el tabardo y marchándose.

Pero no habían transcurrido ni diez minutos cuando el timbre de la puerta del edificio volvió a sonar.

Fue a abrir el mismo comandante de puesto y, al abrir, algo macizo y pesado que, desde afuera, estaba apoyado contra la puerta, cayó hacia adentro.

El comandante de puesto recogió el artefacto que llevaba un cartelito atado con alambre.

Y en el cartelito alguien, pegando letras recortadas de los títulos de algún periódico, había escrito: «Metralleta culpable de haber salvado la vida a un comandante de puesto.»

«El estilo es el hombre», pensó riéndose el comandante.

Luego, después de haber colocado el artefacto junto al otro que acababa de llevar don Camilo, abrió los brazos, exclamando, a pesar del que hubiera sido el parecer del difunto *Togo*:

—Demasiada gracia, san Antonio Abad.

De pie y sentados

Don Camilo había estudiado un grandioso programa de festejos para recibir el año nuevo.

Un programa grandioso, aunque bastante sencillo, porque podía resumirse con estas pocas palabras: «Por año nuevo, un pollo en la olla de cada pobre.»

Y, por eso, don Camilo, previsoramente, había comenzado su gira de colecta con dos buenas semanas de anticipación antes del final de año.

Cada era había sido visitada; cada propietario, cada arrendatario, cada colono de la parroquia había escuchado con mucha atención las palabras de don Camilo y nadie había dejado de alabar, al final, la noble iniciativa del párroco.

Desafortunadamente, en muchas eras la epidemia había atacado los gallineros, en otras el gravamen de las ofrendas en especie que había que entregar a los amos había casi acabado con los gallineros, y en otras, las pocas aves que quedaban disponibles habían sido ya vendidas.

Conclusión: el día 30 de diciembre, don Camilo se encontró con que había reunido a duras penas seis pollos de los que el más entrado en carnes se parecía al *Flaco* disfrazado de gallina. Y don Camilo necesitaba, como mínimo, treinta.

Don Camilo se fue a confiar sus penas al Cristo del altar mayor.

—Jesús —dijo—, ¿es posible tanto egoísmo? ¿Qué es un pollo para quien tiene muchos?

—Es un pollo —respondió tristemente el Cristo.

Don Camilo extendió los brazos.

—Jesús —exclamó, indignado—, ¿es posible que la gente no comprenda la belleza de un pequeñísimo sacrificio que puede aportar una alegría tan grande?

—Don Camilo, para demasiada gente cualquier sacrificio resulta siempre enorme; a demasiada gente le interesa, ante todo, su propio bienestar. Y, para demasiada gente, no dar lo superfluo es bienestar.

Don Camilo perdió la calma.

—Jesús —dijo, apretando los dientes—, si conocéis tan bien a esas gentes, ¿por qué no los tratáis como se merecen? ¿Por qué no enviáis una helada tremenda que les tronche el trigo en los campos?

—El pan es de todos, no sólo del que siembra el grano. La tierra produce para todos los hombres, no sólo para los que poseen la tierra. Blasfemas, don Camilo, cuando le pides a tu Dios que tronche el trigo que está germinando. Danos hoy el pan nuestro de cada día: eso es lo que los hombres justos tienen que pedir a Dios.

Don Camilo inclinó la cabeza.

—Perdonadme —susurró—. Yo sólo quería decir que esos egoístas no se merecen poseer y administrar la tierra.

—Si ellos, en lugar de grano siembran piedras, no lo merecen. Pero si obtienen de la tierra lo que la tierra tiene que producir, entonces es natural que sean ellos los que posean y administren la tierra.

Don Camilo perdió los estribos.

—Jesús —protestó—, esto significa que defendéis los intereses de los terratenientes.

—No —respondió, sonriendo, el Cristo—, yo defiendo los intereses de la tierra. En una isleta vivía un pequeño pueblo de pobre gente, entre los que había dos médicos. Uno, generoso y caritativo; el otro, avaro y egoísta. El primero, por sus cuidados a los enfermos, se contentaba con poco. El segundo pretendía, al contrario, onerosas retribuciones. El médico bueno y caritativo era desgraciadamente un pésimo médico, mientras que el egoísta y agarrado era excelente en su arte. Y todos los enfermos iban al médico egoísta, mientras que nadie requería los cuidados del médico bueno y caritativo. Don Camilo, ¿era justo eso?

Don Camilo se encogió de hombros.

—Jesús —respondió—, que los enfermos vayan a hacerse curar por el médico que los sana y no por el que los deja morir es natural. Pero que el hombre caritativo sufra miseria y que el egoísta se enriquezca no es justo.

—Eso, don Camilo: no es justo, pero es *natural*. Es natural que los hombres recompensen al médico mejor. Es justo que Dios castigue al médico egoísta que, durante la vida, se ha aprovechado injustamente de un don de Dios.

Don Camilo meneó el cabezorro.

—¡Jesús —replicó—, yo...

—Tú, si te encontraras entre los habitantes de aquella isleta perdida, ¿rogarías a Dios que fulminara al médico válido pero egoísta y concediera, en cambio, una larga vida al médico caritativo pero ignorante en su oficio?

—No —respondió don Camilo—. Pediría a Dios que hiciera que se volviera caritativo el médico eficiente pero egoísta y que hiciera mejorar en su profesión al médico caritativo pero incompetente.

—El agricultor —dijo, sonriendo, el Cristo— ¿no es quizá el médico al que se confía la salud y la prosperidad de la tierra?

—Jesús —exclamó don Camilo—. He comprendido y pido a Dios perdón por mis necias palabras. Pero no consigo no angustiarme pensando que, para mañana, necesito treinta pollos y sólo tengo seis.

—Ocho —precisó el Cristo.

—Ocho —confirmó don Camilo, que, en su confusión, se había olvidado que tenía en la jaula dos capones de su propiedad.

No es fácil encontrar, de un día para otro, veintidós pollos; don Camilo lo sabía perfectamente porque había tenido que penar durante dos semanas enteras para juntar seis.

Pero aun así don Camilo no pensaba renunciar a su programa: «Por año nuevo, un pollo en la olla de cada pobre.»

Se estaba rompiendo el coco para encontrar alguna solución a tan arduo problema, cuando de repente se le ocurrió una pregunta:

«Un pollo es un pollo; bien. Pero ¿qué es un faisán?»

Un faisán es un faisán, para ser exactos.

Pero ¿hay que ser, en realidad, tan estrictos? ¿No se podría, por ejemplo, decir: el faisán es un pollo que vuela?

Don Camilo llegó a la conclusión de que, en el fondo, el programa de festejos no iba a cambiar sustancialmente si el eslogan, en lugar de sonar «Por año nuevo, un pollo en la olla de cada pobre» se cambiara por: «Por año nuevo, un faisán en la cazuela de cada pobre.»

En este caso, sólo habría dos inconvenientes: la falta del tiempo necesario para una adecuada maceración del «pollo volador» y la falta del tiempo necesario para encontrar a alguien que estuviera dispuesto a regalar a don Camilo veintidós faisanes.

Don Camilo recorrió kilómetros paseando arriba y abajo por al zaguán de la rectoría. ¿Y al cabo de tanta caminata qué había resuelto?

Simplemente había decidido que el eslogan podía volver a retocarse: «Por año nuevo, un faisán en la cesta de cada pobre.»

En el fondo, lo esencial era que cada pobre se encontrara con el faisán dentro del capazo.

Consultada su opinión sobre el particular, *Ful* hizo entender que, también para él, lo más importante era encontrar los veintidós faisanes dispuestos a sustituir a los veintidós pollos no encontrados.

Seguidamente, *Ful* encontró natural que don Camilo se enfundara dentro de un par de calzones y de una chaqueta de fustán marrón y se pusiera en la cabeza una gorra de ciclista. No era la primera vez que don Camilo se encontraba con tener que cazar en lugares donde la sotana le hubiera estorbado.

Pero lo que no encontró natural es que don Camilo saliera de casa sin coger la escopeta. Esto no había pasado nunca.

Ful pensó que se trataba de un olvido y, llamando al amo, que ya estaba a punto de cruzar el umbral de la puerta del huerto, le dijo:

«¡Eh, mira que te has olvidado la escopeta!

Don Camilo volvió atrás y se encontró a *Ful* en el cuarto de estar mirando hacia arriba, hacia la escopeta de dos cañones, el morral y la cartuchera colgados en la pared, al lado del aparador.

—¡Aprisa, *Ful*! —le intimó, brusco, don Camilo.

El perro no se movió y le respondió:

«Coge la escopeta y luego nos iremos.»

Se lo dijo ladrando, pero don Camilo lo entendió igualmente la mar de bien:

—¡Ven y deja de hacer ruido! —exclamó don Camilo—. La escopeta se queda ahí. ¡Imagínate si cojo ese artefacto! No hay que hacer ruido, o estamos listos.

Luego, como *Ful* no se movía, don Camilo hurgó por el cinturón y se sacó de la pernera izquierda una pequeña escopeta de un solo cañón y se la enseñó a *Ful*.

Ful miró extrañado el artilugio y lo comparó con la escopeta de caza de doble cañón colgada en la pared y luego dijo:

«Eso no es la escopeta. La escopeta es aquella de allí arriba.»

Don Camilo conocía bien a *Ful*, perro de caza y, por tanto, lleno de dignidad.

—Esto también es una escopeta —le explicó—. Una pequeña y vieja escopeta que se carga por el cañón y que dispara muy flojo, pero que para derribar a un tonto de faisán, a dos o tres metros de distancia, va la mar de bien.

Le mostró cómo se cargaba la pequeña escopeta y luego, una vez que la hubo cargado, abrió la ventana que daba al huerto y disparó contra una lata vacía que alguien había puesto en un palo.

La escopeta hizo ¡plic! y la lata saltó del palo.

Ful saltó al huerto, tomó la lata y luego se volvió.

«¡Bah! —rezongó—. Vámonos a cazar latas.»

Los faisanes estaban posados en las ramas de las plantas más bajas, casi como encantados.

Hacía tres años que los Finetti estaban en el extranjero y, desde hacía tres años, nadie había hecho ningún disparo en toda la reserva.

Los faisanes, gordos y tontos, dormitaban en las ramas de los árboles más bajos e incluso alguien que no hubiera tenido la escopeta los hubiera podido igualmente derribar a sombrerazos.

Don Camilo tenía la escopeta y no empleó el sombrero. A cada ¡plic! de la escopeta correspondía la caída de un faisán y, a pesar de perder un montón de tiempo cada vez que tenía que volver a cargar, don Camilo hizo un buen trabajo y llegó al faisán número veintiuno con toda tranquilidad.

El número veintidós fue el que le dio serios disgustos.

Ful había ya dado muestras de intranquilidad, y eso significaba que algo no iba bien y que no se trataba de faisanes ni de liebres.

Pero don Camilo quería llegar hasta veintidós «pollos voladores» y dijo a *Ful* que no lo molestara y que se estuviese quieto.

Ful obedeció contra su voluntad, pero justo cuando

don Camilo estaba disparando al vigésimo segundo faisán, pegó un brinco.

Don Camilo se dio cuenta de que había exagerado, pero ya era demasiado tarde. El guarda jurado estaba llegando.

Tiró la escopeta a una zarza y, agarrando el saco con los veintiún faisanes, partió a toda pastilla.

Empezaba a hacerse de noche: una ráfaga de niebla se interpuso piadosamente entre don Camilo y el guarda jurado. Esto permitió al cazador furtivo distanciarse de su perseguidor.

Ful guiaba con gran seguridad la marcha de repliegue y, una vez encontrado el agujero en la red metálica que rodeaba la reserva, se apostó a un lado indicando la vía de salvación a don Camilo.

Don Camilo era una especie de elefante y, además, tenía que remolcar un saco que contenía veintiún faisanes; aun así, se lanzó a la red con una precisión y una rapidez dignas de un portero de un equipo nacional de fútbol.

El guarda jurado llegó justo a tiempo de ver cómo la retaguardia de don Camilo pasaba por la brecha.

Disparó desde lejos, y sin ninguna convicción, un par de tiros a la retaguardia.

Don Camilo saltó el foso y se encontró en la carretera. No podía tomar el camino de los campos porque, del otro lado de la red metálica, pasaba el canal grande que tenía una anchura de dos metros y medio e iba lleno de agua. Tenía a la fuerza que ir por la carretera y el guarda jurado seguro que lo iba a identificar porque el cercado de la reserva corría a lo largo de la carretera casi todo un kilómetro hacia arriba y otro kilómetro hacia abajo.

—¡A casa! ¡Vete! —ordenó a *Ful*, que salió de estampida y desapareció.

Siguió corriendo jadeando.

«Aunque me tenga que echar al agua —se dijo para sus adentros don Camilo—, no va a poder ver quién soy.»

En la curva del Santino, don Camilo vio cómo venía

hacia él a toda velocidad un gran camión. Se echó al borde del canal grande e hizo señas con la gorra.

No dejó ni que el camión parara; saltó al estribo con el camión aún en marcha. Tanto es así que el conductor paró en seco el vehículo, todo preocupado.

Don Camilo abrió la portezuela y se metió dentro de la cabina, jadeando:

—¡De prisa! ¡De prisa! ¡Por el amor de Dios!

El conductor sacó el pie del embrague y el vehículo salió disparado, como si le hubieran dado una patada en el trasero.

Después de haber recorrido un kilómetro, el conductor murmuró:

—Le había tomado por un bandido. ¿Qué le pasa? ¿Por qué estas prisas?

—Tengo que coger el tren de la seis y veintidós.

—¡Ah! ¿Comercia con aves?

—No, trato con detergentes para tu sucia alma.

El conductor se rió socarronamente.

—He sido un burro —dijo—. Habría hecho mejor en dejarle allí. Así el guarda jurado hubiera podido ver su bonita cara de agente del Vaticano. Caramba: lo ha hecho a lo grande. ¿Espera muchos invitados a cenar?

—Treinta. He encontrado seis pollos; dos los tenía yo, pero aún necesitaba veintidós aves más para contentar a todos los pobres. He encontrado veintiuno. Al llegar al veintidós el guarda me ha encontrado a mí. Eso es todo. ¿Necesitas algo más para tu informe al partido?

—Necesito saber qué clase de moral tiene.

—La de los buenos cristianos y de los ciudadanos honrados —contestó don Camilo.

Peppone paró el vehículo.

—Bien. Entonces, señor padre, volvamos atrás. ¿Por qué, cuando yo, el mes pasado, le propuse hacer causa común conmigo para el asunto de la leña para los parados, se opuso usted y me montó una tremenda campaña en contra?

Don Camilo encendió el medio toscano.

—Porque sí —respondió—. Porque yo no puedo ayudar a la gente a violar la ley.

—¿Qué ley?

—La que protege la propiedad privada. Los pobres necesitan leña para calentarse; estamos de acuerdo. Pero no se les puede decir: «Vamos a buscar la leña en los bosques de los señores del pueblo.» «No robarás», dice la ley de Dios. «No robarás», dice la ley de los hombres.

—« ¡No robarás! », dice la ley de Dios y la de los hombres —gritó Peppone—. ¡Y así, mientras el trabajador no puede tocar las cosas de los propietarios, los propietarios le pueden robar al trabajador los dineros que le deben por su trabajo y negarle el derecho a vivir!

—Es inútil que me hagas mítines —replicó don Camilo—. Yo no puedo ayudar a nadie a violar la ley.

—¡Perfecto! —vociferó Peppone—. Pasemos, pues, al capítulo segundo. Los pobres tienen el derecho de comer algo bueno por Año Nuevo, pero los que tienen no quieren dar. ¿Qué hace entonces el párroco? ¡Va contra la ley de Dios y de los hombres y roba los faisanes! ¿Existe una moral especial para los párrocos? ¿Por qué usted se arroga el derecho de violar dicha ley?

—Yo no me arrogo ningún derecho, compañero alcalde. Yo me quito el uniforme de párroco, me disfrazo, me enmascaro para ocultar mi identidad e intento clandestinamente violar la ley.

»Yo no desfilo del brazo del camarada alcalde, y no atravieso las calles del pueblo gritando, tal como pretendía el camarada alcalde: « ¡La ley somos nosotros! ¡Abajo la ley! La ley es inmoral e injusta.»

»Yo actúo como un ladrón corriente; me despojo de mi autoridad de sacerdote y actúo a escondidas, como un normal delincuente. Y el mismo hecho de que me disfrace y actúe subrepticiamente significa que reconozco la existencia y la validez de una ley.

»Si soy soldado y paso por delante del general, lo tengo que saludar.

»Si no quiero que el general me vea, puedo intentar escabullirme, sustrayéndome a su mirada; entonces puedo dejar de saludarlo.

»Pero no puedo pasar delante suyo mirándolo arrogantemente a los ojos, con las manos en los bolsillos y gritando: «No se saluda a los generales bribones como usted.»

»Yo he robado los faisanes. Pero no he gritado: «Venid, amigos. Los faisanes también son nuestros.»

Peppone meneó la cabeza y pegó un puñetazo en el volante:

—Usted es el que enseña a no robar y luego va y roba. ¡Usted es el que predica el bien y practica el mal! —gritó.

—Según tu moral, Peppone, si enseño a no robar y luego robo, más bien sería el que predica mal y obra bien. Pero la verdad es que tú tienes razón: predico bien y obro mal. Pero, al predicar el bien a las masas, hago bien a las masas; obrando mal por exclusiva cuenta mía, simplemente me hago un mal a mí mismo. Y de este mal tendré que responder. Y por este mal seré justamente castigado. Podré escapar de la justicia humana, pero no podré escapar de la justicia divina.

Peppone se carcajcó:

—Es cómodo contraer deudas en este mundo diciendo: «¡Ya pagaré cuando me muera!» ¡El que obra mal tiene que pagar en seguida!

—Pagaré en seguida con el sufrimiento que me dará el pensar que he violado la ley de Dios y la de los hombres. Mi conciencia de cristiano y de ciudadano...

—¿Qué? —bramó Peppone—. ¡Su conciencia! ¡Ya le diré yo dónde tiene usted su conciencia de cristiano y de ciudadano! ¡La tiene donde termina la espalda!

Don Camilo suspiró.

—Bueno, Peppone —dijo con voz cordial—: admitamos que tenga la conciencia donde tú dices. ¿Cambia esto algo de lo que he afirmado?

Peppone lo miró con desagrado:

—Padre, ¿qué quiere decir?

—Nada; sólo quisiera preguntarte: compañero Peppone, ¿te han pegado alguna vez una perdigonada abajo de todo de la espalda?

Don Camilo había hablado con una voz extraña que parecía provenir de muy lejos y Peppone encendió la luz interior.

Vio que don Camilo estaba más blanco que una sábana.

—¡Pad...! —dijo, atragantándose, Peppone.

—Apaga y no te intranquilices —lo interrumpió don Camilo—. Es una pequeña crisis de... conciencia. Pasará. Llévame a Torricella al doctor viejo. Es un amigo y me sacará el plomo sin preguntar nada.

Peppone arrancó como una bomba atómica y voló por las carreteras quebrantadas. Después de dejar a don Camilo a la puerta del viejo doctor de Torricella, se quedó esperando.

Limpió el asiento, que estaba mojado de sangre.

Luego escondió bajo el asiento el saco con los faisanes y se fue a dar una vuelta para poner en orden sus ideas.

Don Camilo volvió al cabo de una hora aproximadamente.

—¿Cómo está? —le preguntó Peppone.

—En cierto sentido te podría decir que estoy en paz con la conciencia, pero poniendo las cartas boca arriba, tendría que viajar de pie por exigencias de carácter técnico. Si no te sabe mal subiré detrás. Mira de no exagerar con la velocidad.

Afortunadamente, el camión iba cubierto con un toldo y el viaje de vuelta no fue excesivamente angustioso para don Camilo.

La niebla había ya bajado su telón y, al llegar a destino, don Camilo pudo escabullirse por la puerta de la rectoría sin ser visto por nadie.

Peppone lo siguió con el saco de los faisanes, que fue a dejar en la bodega.

Cuando volvió al cuarto de estar, se encontró a don Camilo con sotana, vestido de cura. Y el negro del hábito aún hacía resaltar más la palidez de don Camilo.

—Padre —murmuró Peppone—, si necesita algo, no haga cumplidos.

—Yo no necesito nada. Por lo que estoy preocupado es por el perro. Da una vuelta y mira a ver si puedes encontrar a *Ful*.

Le respondió un gemido, y era *Ful*, que, acurrucado debajo de la mesa, contestaba: «Presente.»

Peppone se agachó para mirar a *Ful*.

—Parece que también él tiene una crisis de... conciencia —murmuró Peppone, levantándose—. ¿Tengo que llevarlo también al viejo doctor?

—No —contestó don Camilo—. La cosa tiene que quedar en familia. Ya le sacaré yo el plomo. Tú llévamelo a mi habitación.

Ful se dejó coger en brazos y subir por Peppone.

Y Peppone no dijo nada hasta que no dejó a *Ful* en el primer piso. Entonces volvió a bajar y asomándose a la puerta del cuarto de estar y levantado hacia el cielo el dedo índice amenazador, dijo con voz dura a don Camilo:

—¡Las culpas de los párrocos recaen sobre la cabeza de los inocentes!

—Sicario, vas a matar a un párroco muerto —le respondió don Camilo, pálido. Y de pie.

Una vez hubo salido Peppone, don Camilo echó el cerrojo de la puerta y se fue a la bodega a colocar bien los veintiún «pollos voladores».

Que en realidad resultaron veintidós, porque entre los mismos había también un maravilloso capón ya limpio y desplumado.

Era el que Peppone había comprado en Torricella para completar el número.

Don Camilo, antes de ponerse boca abajo en su cama, quiso irse a arrodillar ante el Cristo del altar mayor.

—Jesús —imploró—, no puedo daros las gracias por haberme protegido en esta empresa porque lo que he hecho esta tarde ha sido una acción deshonrosa que merece un grave castigo. Quizá hubiera sido preferible que la escopeta del guarda jurado me hubiera fulminado.

—Hasta el peor de los curas siempre vale más que veintidós faisanes —respondió severamente el Cristo.

—Veintiuno, para ser exactos —susurró don Camilo—. El veintidós no lo cogí.

—La intención era cogerlo.

—Jesús, tengo el corazón lleno de angustia, porque me doy cuenta del mal que he cometido.

—No, don Camilo: mientes. Tu corazón, por el contrario, está lleno de alegría porque piensas en la felicidad que vas a dar mañana a los treinta pobres.

Don Camilo se puso en pie, retrocedió dos pasos y se sentó pesadamente en el banco de primera fila.

Le sudaba copiosamente la frente, inundándole el rostro, que estaba cada vez más pálido.

—Levántate —dijo de repente la voz del Cristo crucificado—. *Ego te absolvo.*

La máquina soviética

—Don Camilo —dijo el anciano obispo—, tu carta me ha entristecido mucho, sobre todo por lo que en ella no está escrito, pero que se deja traslucir fácilmente. ¿Qué significa este descorazonamiento tuyo? ¿Te está fallando quizá la firme fe que siempre has tenido en los momentos más difíciles?

—Excelencia —respondió melancólicamente don Camilo—, la fe no ha sufrido ningún cambio; se trata de una cuestión de técnica, de mecánica.

El viejo obispo lo miró extrañado y don Camilo explicó:

—Los jóvenes se me escapan y yo los persigo, pero ellos se me evaden en bicicleta mientras yo voy a pie. Excelencia, no me falta la fe para atraparlos: me falta la bicicleta.

—Esto no es un razonamiento —replicó el obispo—; esto es un juego de palabras.

—Es el espejo fiel de la situación, excelencia. No es que pretenda ponerme a hacer la competencia al vicio; y por eso, aunque vea que los jóvenes prefieren las fiestas con baile a mis sermones, no se me ocurrirá nunca organizar bailes en la rectoría. Pero, viendo que para los jóvenes de hoy el cine, por ejemplo, se ha convertido en una exigencia, intentaré atraer a mi lado a los jóvenes ofreciéndoles la distracción de películas divertidas, pero instructivas y sanas. Ésta es, excelencia, la cuestión.

El anciano obispo extendió los brazos:

—Don Camilo, no comprendo por qué es ésta la cuestión, como tú dices. ¿No hace ya cinco o seis años que ofreces a los jóvenes la diversión de películas divertidas, instructivas y honestas?

—Sí, excelencia: les ofrezco esa diversión; pero desgraciadamente el proyector está tan viejo, tan estropeado, tan pasado de moda...

—¡Basta, Don Camilo! —lo interrumpió el anciano obispo—. Si Dios deja vivir a los viejos tan deteriorados y tan pasados de moda como yo, eso significa que aún sirven para algo. Don Camilo, me quieres enredar; no es verdad que necesites una bicicleta: ¡lo que quieres es una bicicleta nueva!

La verdad es que don Camilo no pretendía enredar a nadie: su proyector de dieciséis milímetros ya no era una máquina de proyectar, sino justo todo lo contrario de ello. Peor, casi. Porque, en lugar de tener que viajar en una bicicleta a la que le falta la rueda delantera, el sillín y los pedales, resulta menos cansado viajar a pie, sin ninguna traba.

Machacada por el proyector de don Camilo, la mejor película se transformaba en el peor de los churros cinematográficos. Sin hablar del «sonoro», que rayaba horriblemente los diálogos y la música.

—La única reparación posible —había dicho el técnico de la ciudad al que don Camilo había llevado el malvado artefacto— es tirarlo a la basura, siempre y cuando el Instituto de Higiene se lo consienta.

Y don Camilo había sentido la tentación, al volver al pueblo, de ahogar el trasto en el río grande; aunque, antes de deshacerse del viejo cachivache, tenía que conseguir una máquina nueva.

O, al menos, tener idea de dónde podía encontrar el dinero necesario para comprar un proyector nuevo.

El viejo obispo, a pesar de todos sus fieros propósitos, no dejó marchar a don Camilo con las manos vacías. Le dio todo el dinero que podía darle y, aunque la cantidad no fuera una gran cosa, don Camilo volvió a casa con el corazón henchido de gozo.

El primer paso ya había sido dado.

Naturalmente, para llegar a la meta tuvo que dar aún miles y miles de pasos, pero éstos no le pesaron a don Camilo. La avalancha no se produce si no cae la piedrecita desde la cima de la montaña; lo esencial es que caiga la piedrecita.

Pasado el tiempo que tenía que pasar, llegó el gran día y con él la nueva y formidable máquina de proyectar.

La mejor, la más moderna con un «sonoro» aterciopelado.

Don Camilo hizo blanquear la sala y repasar el barniz de las sillas; y, con ocasión del espectáculo de inauguración, no sólo alquiló una película de lo mejor, sino que hasta hizo poner anuncios en las esquinas.

Tanto y tanto zascandileó don Camilo durante toda la tarde precedente a la «excepcional velada», arriba y abajo por el pueblo, que acabó por toparse con Peppone.

—¿Tendremos el honor de contar con el señor alcalde como invitado nuestro, esta noche? —preguntó don Camilo a Peppone—. El acontecimiento es de tal importancia que la presencia del primer ciudadano resultaría de lo más oportuno.

Peppone lo miró extrañado:

—¿Qué acontecimiento?

—La inauguración del nuevo cine.

—No me consta que haya en el pueblo cines antiguos ni que se vayan a abrir cines nuevos —respondió Peppone—. Sólo sé que usted, hace ya unos años, hace proyecciones con la linterna mágica para los niños de la sala parroquial.

Don Camilo lo encajó alegremente:

—El pasado está enterrado; ahora tenemos un cine de verdad con una máquina estupenda, perfecta.

Peppone se encogió de hombros.

—Por estupenda y perfecta que sea, seguirá tratándose del «paso estrecho» de siempre.

—Cuando haya visto cómo funciona la nueva máquina, se dará cuenta de que el «paso estrecho» es el paso del futuro, mientras que el «paso normal» no es más que una tentativa sin éxito de superar el «paso estrecho».

—Normal o estrecho —masculló Peppone—, el cine es un género superado, cosa de parroquias.

—¿Y cuál sería el género adecuado a los tiempos? —preguntó don Camilo—. ¿El curso nocturno de activismo?

—Dejemos estar la política, que no tiene nada que ver —replicó Peppone—. El progreso ha matado al cine; ahora es el momento de la televisión.

En aquel momento apareció *el Flaco*, que preguntó a Peppone:

—Jefe, ¿lo has decidido? Ha venido el técnico y quiere saber dónde ha de colocar la antena.

—Que la ponga donde le parezca mejor. De lo que yo entiendo es de motores de explosión, no de televisión.

El Flaco se fue volando y don Camilo, después de haber tragado algo que se le había quedado atragantado, preguntó:

—¿Va a ser, pues, el señor alcalde el pionero de la televisión?

—No. Yo, no, pero el partido de los trabajadores tiene que estar a la vanguardia del progreso. La televisión va a ser instalada en la Casa del Pueblo. La inauguraremos esta noche. De todos modos, esto no le va causar ninguna molestia, padre, porque el aparato televisor es un regalo de los grandes talleres radiotécnicos de Moscú y, por tanto, estará reservado exclusivamente a los afiliados. No puedo ni invitarle, padre, y lo siento. A menos que no se inscriba al Partido Comunista.

—Confieso que tengo bastante curiosidad por saber qué es esa maldita televisión de la que tanto se habla

—confesó con los dientes apretados don Camilo—. De todos modos, creo que aún podré esperar.

—*Fate vobis* —respondió Peppone, abriendo los brazos.

Don Camilo regresó a casa en ascuas y se fue a confiar su desazón al Cristo del altar mayor:

—Jesús —respondió don Camilo—, ¡Peppone y sus socios tienen la televisión!

—No creo que sean los únicos del mundo en tener ese artefacto del que me hablas —respondió el Cristo—, y no creo además que sea un artefacto mortífero.

—No son los únicos del mundo, pero sí los únicos del pueblo —replicó don Camilo.

—¿Y por qué te preocupa todo esto? ¿Temes quizá que, atraído por la novedad, alguno de tus muchachos deje de vacilar en entrar en la guarida del león?

—No; la utilización del aparato estará reservada sólo a los afiliados del partido de Peppone —explicó don Camilo—. Lo que pasa es que yo esperaba atraerme, con el nuevo cine, a alguno de los jóvenes inscritos al partido de Peppone. Esperaba sustraer a algún infeliz a las garras del león.

El Cristo suspiró tristemente:

—¿Son éstos tus instrumentos, don Camilo? Yo no utilizaba máquinas eléctricas para arrancar las almas de las garras del demonio, para llevar a los hombres al buen camino.

Don Camilo bajó la cabeza humildemente.

—Señor, perdonadme —susurró—. Pero tampoco las empleaba el demonio. Si el demonio se escapa en bicicleta, ¿por qué tengo que correr detrás de él a pie?

—Don Camilo —respondió el Cristo—, yo no puedo seguirte por el camino del ciclismo. Pero recuerda que, para ir al Paraíso o al Infierno, el medio de transporte sigue siendo el de entonces y siempre lo será.

La televisión le amargó la velada a don Camilo, y, aunque el éxito del espectáculo cinematográfico fue notable, aquella noche don Camilo durmió muy mal.

Algo, de toda la historia, se le escapaba, un punto no le resultaba claro, y en esa zona de sombra fue en la que estuvo pensando incluso mientras dormía.

Al día siguiente, cuando se asomó a la ventana que daba a la plaza de la iglesia y vio plantada en lo alto de la Casa del Pueblo la antena de TV, una luz imprevista le iluminó el cerebro.

Y cuando, por la tarde, consiguió toparse con Peppone, soltó el chorro:

—Peppone —dijo—, ¿también, por lo que respecta a la televisión, sigues directrices que vienen de arriba o actúas a tu aire?

—¿Qué tienen que ver las directrices de arriba con la televisión? —replicó Peppone—. Yo hago lo que me parece y lo que me place.

—En este caso la cosa es simple: el desgraciado eres tú. ¡Porque sólo a un desgraciado se le puede ocurrir que en este pueblo haya alguien que se deje convencer de sacarse el carnet comunista impulsado por el anhelo de contemplar las estupideces proyectadas por tu teletrampa *made in URSS*!

Don Camilo se rió.

—¿Y, además, a quién se lo quieres hacer tragar? ¿Qué televisores quieres que tengan en Rusia?

Peppone abrió los brazos:

—¡Ah, olvidaba que los rusos no conocen ni las bicicletas ni los relojes! Lo que significa que el televisor que nos ha llegado de Rusia lleva escrito por todas partes «*made in URSS*», pero es norteamericano. De todos modos, no se obliga a nadie: quien tenga el televisor que se lo guarde y el que no lo tenga que rabie.

Don Camilo, efectivamente, se moría de rabia e hizo bien en irse sin contestar.

Mas en cuanto llegó a la rectoría tuvo que escuchar a los informadores que habían ido a darle cuenta de las repercusiones que tenía en el pueblo ese condenado asunto de la TV:

«Parece que se trata de un aparato excepcional.»

«Dicen que es un aparato ruso de verdad.»

«Los rojos que han presenciado la primera audición están entusiasmados. Van voceando que los norteamericanos ya se pueden retirar.»

Aquella noche, don Camilo dio muchas vueltas en la cama antes de conciliar el sueño y no durmió ni una hora entera, porque siete u ocho malditos pelmazos se pararon a hablar enfrente de la iglesia, justo debajo de las ventanas de la rectoría.

—Es una lástima que cuando venga la televisión en color se tenga que cambiar el aparato.

—¿Cambiar de aparato? ¡Qué va! En Norteamérica aún no tienen la televisión en color, pero en Rusia funciona ya desde hace dos años. Y el aparato, que es del tipo de exportación, puede servir tanto para blanco y negro como para color. ¿Te has fijado en la palanquita roja que hay en el lado derecho? Basta con ponerla hacia abajo y se recibe en color.

—Si yo fuera Peppone, haría funcionar el aparato en la expendeduría para que todos pudieran verlo. Así dejarían de decir que no lo enseñamos porque no es ruso, sino norteamericano o nacional.

—¡Ni soñarlo! ¡Que digan lo que quieran! ¡Si quieren ver el aparato que se saquen el carnet!

Don Camilo tuvo que oír aun sin querer. Y, cuando dejaron de hablar alto y se pusieron a charlar bajo y a reírse, don Camilo saltó de la cama y se fue a escuchar pegando la oreja a la rendija de las persianas.

—... un invento peor que el de antes...

—... películas tontas peores que antes...

—... todos dicen que también el sonoro es una porquería...

—... ¡pero qué quieres que sepa ése de máquinas! Le han tomado el pelo...

—... a menos que...

—... ya sabes lo que pasa: cuando uno se encuentra con un buen fajo de billetes en la mano, se puede hacer de más y de menos...

Don Camilo se fue a echar a la cama porque, si no, sentía que iba a explotar, pero estuvo despierto hasta que se hizo de día, masticando toda su rabia.

Al final, sin embargo, cuando se calmó, ya había digerido toda la hiel y su cerebro podía volver a funcionar sin interferencias.

«El buen jugador no deja ni que se imaginen qué cartas tiene en la mano —concluyó don Camilo—. Tú no enseñas el aparato porque te has inventado el cuento del televisor ruso. Ya te deshincharás tú solo, camarada Peppone.»

Don Camilo inició la política de la perfecta indiferencia y, al que le hablaba del famoso televisor ruso, se limitaba a contestarle sonriendo:

—Si los rusos tienen la bomba atómica, ¿por qué no habrían de tener tantos aparatos de televisión como para poder regalar a los amigos residentes en el extranjero?

—¿Y de lo del asunto del color?

—Es gente capaz de hacerlas de todos los colores, hijo. ¿Por qué no tendrían que saber aprovechar esa cualidad suya en la técnica televisiva?

Así pasó un mes, pasaron dos, pasaron tres.

Puntualmente, cada noche, los camaradas de turno (habían establecido turnos) iban a la Casa del Pueblo para disfrutar mirando la TV. Y, después de las transmisiones, no dejaban nunca de pararse enfrente de la iglesia, debajo de la ventana de la habitación de don Camilo, para intercambiar sus entusiastas impresiones sobre la perfección técnica alcanzada por los soviéticos.

Don Camilo se despertaba y tenía que escuchar en perfecto silencio y perfecta calma.

Y lo consiguió siempre. Pero cuando la tortura infame se repitió por nonagésima vez, don Camilo acabó por rendirse.

—Basta —dijo—. No puedo más. Dios me perdonará.

Eso pasaba al cabo de unos diez días después del famoso hundimiento. La nieve había derrumbado una parte del techo de la Casa del Pueblo y del correspondiente desván. El desperfecto había sido inmediatamente reparado. Se había vuelto a rehacer el tejado. Y también se había reconstruido el techo hundido. Pero los cuartos del guardián estaban inhabitables porque las paredes estaban empapadas de agua y el hormigón tardaba en secar y no se podía quitar el encofrado.

El Largo, su mujer y el niño fueron, por eso, a dormir a otra parte, y la Casa del Pueblo, desde las doce de la noche hasta las cuatro de la madrugada, se quedaba sin guardián.

Fue así que, una noche de espesa niebla, un individuo, al encontrar abierta la puertecita que daba al patio, se introdujo en la Casa del Pueblo y se dirigió decidido y silencioso hacia el desván. Una vez allí, se escondió y esperó inmóvil como una piedra.

A medianoche, *el Largo*, tras bajar la puerta metálica de la zona de despacho y puesto, como siempre, dentro de la cartera el dinero de la recaudación y los libros contables, dio una vuelta de inspección por todos los locales, cerró todas las puertas y se fue a dormir a casa de su suegra.

El desconocido tenía unos nervios de acero y esperó aún dos horas antes de actuar.

Después bajó cautelosamente hasta la planta baja y entró en el salón de las reuniones. Las contraventanas de todas las ventanas estaban cerradas; esto lo ponía a buen recaudo de cualquier sorpresa.

Encendió la linterna de bolsillo e inspeccionó la amplia estancia. Lo que el desconocido buscaba tenía que estar escondido debajo de alguna funda, allí al fondo.

El desconocido se acercó, sacó la funda y apareció la caja brillante de un televisor.

En la parte superior había una placa metálica con la hoz y el martillo que ponía: «*Made in URSS.*»

No es difícil atornillar una placa así en una caja de madera que contenga una maquinaria norteamericana o italiana o inglesa. El desconocido pasó detrás del televisor y quitó la tapa posterior del aparato.

De la emoción, la linterna se le cayó al suelo.

—Jesús —resopló don Camilo, arrodillándose ante el Cristo del altar mayor—, ¡ha pasado algo extraordinario! Esta noche un individuo, que ha entrado por equivocación en la sala de la Casa del Pueblo, ha sentido la curiosidad de echar una ojeada al famoso televisor ruso. ¡Jesús, qué cosa más fenomenal! ¡Nada de televisor ruso: es sólo una caja vacía! ¡Va-cía!

Don Camilo se secó el sudor de la frente.

—¡Vacía, Señor! Y hace noventa noches que esos desgraciados, por turno, van a la Casa del Pueblo a pasar dos o tres horas delante de una caja vacía y luego vuelven a sus casas a contar las maravillas que han visto. Jesús, fijaos qué cara más dura. Pensad que, en tres meses, nadie se ha dejado escapar de la boca ni una sola palabra, sobre la realidad de los hechos. ¡Imaginaos la juerga que se va a armar mañana cuando se sepa la noticia!... ¡El aparato ruso! ¡El aparato ruso!

Don Camilo estaba excitadísimo y se volvió a secar el sudor de la frente.

—Señor, estoy dispuesto a apostar que, si el individuo que lo ha descubierto todo no habla, esos desgraciados son capaces de seguir con su comedia quién sabe aún durante cuánto tiempo. ¿No es tremendamente ridículo esto? ¿No es increíble? ¿No es de locos que haya gente capaz de representar un papel sin traicionarse nunca? ¡Autodisciplina, la llaman! Es otra cosa... ¡Señor, pero no me estáis escuchando!

El Cristo suspiró:

—Estaba pensando en las desgracias del mundo y no hacía caso de sus bagatelas. ¿Qué estabas diciendo, don Camilo? ¿Qué ha hecho esta noche ese tipo?

Don Camilo agachó la cabeza:

—Señor, esta noche un tipo ha entrado por casualidad en la Casa del Pueblo y ha podido ver el famoso televisor. Es una auténtica máquina soviética.

Don Camilo no dijo nada a nadie, pero al cabo de una semana, al encontrarse con Peppone, no se pudo aguantar:

—Compañero, ¿cuándo van a parar tus subordinados con esa farsa de la caja vacía?

—Cuando sea hora.

—¡Menuda estupidez, compañero!

—Intente organizar usted, con sus burguesitos, una estupidez de este género, padre.

Don Camilo no supo qué contestar y se fue.

A la mañana siguiente se esparció por el pueblo fulminantemente la noticia: durante la noche, a causa de un cortocircuito, el aparato de televisión había sido completamente destruido por el fuego.

«¡Pero que los enemigos del pueblo no se rían! —decía el comunicado de Peppone puesto en el tablón de la Casa del Pueblo—. ¡Porque los trabajadores, a pesar de estar en la miseria, sabrán reconquistar su TV!»

E hicieron una colecta con la que, diez días más tarde, la Casa del Pueblo ya no tenía un cajón vacío, sino un cajón relleno de TV.

—No es un aparato perfecto, excepcional como el ruso que teníamos antes —decían por doquier los rojos de Peppone—. Pero algo es algo.

Y, desde su condenado punto de vista, no andaban equivocados.

El carburador

Los periódicos hablaban aún de la famosa historia del niño que había sido salvado por las famosas ampollas llegadas desde América por avión.

Seguían aún hablando porque, ahora que el niño estaba bien, se sentían molestos los de la hoz y el martillo por el motivo de que, según su lógica descabellada, se trataba sólo de un gran montaje propagandístico organizado por el embajador norteamericano.

El hecho había ocurrido en una aldea a orillas del gran río, a menos de cuarenta kilómetros de la parroquia de don Camilo, y por eso, cuando surgió la polémica, Peppone sintió el deber de tener que participar en ella con especial entusiasmo, ya que se trataba de «mantener en alto el nombre de la Tierra Baja».

Y dijo tantas cosas y tan gordas como para hacer que don Camilo se tropezara «por pura casualidad», delante del café de los soportales, con el señor alcalde, que, en medio de un grupo de personas, estaba explicando el porqué y el cómo del asunto.

En cuanto percibió la mole negra del párroco, Peppone levantó la voz:

—Están bien las exigencias de la propaganda política, está bien todo, hasta lo que va mal; pero lo que no se les puede perdonar a esa gente es lo de hacer especulaciones políticas con un niño. El que tenga hijos lo comprenderá sin tener que explicárselo; no lo entenderá nunca el que no tiene hijos ni puede tenerlos.

Todos se volvieron a mirar a don Camilo y don Camilo, al sentirse directamente aludido, se encogió de hombros.

—Señor alcalde —dijo—, si el enfermo que había que salvar era un niño, no podían salvar a un adulto.

—¡Pero qué *salvar*! El niño no estaba grave.

—Si lo dice usted, que es toda una eminencia médica, no hay más que hablar —replicó don Camilo.

Peppone se excitó.

—Yo no soy ninguna eminencia médica —afirmó—. Pero las personas competentes han declarado que, sin dar espectáculos con las travesías atlánticas, se podía haber traído el remedio para el niño de Holanda en un cerrar de ojos.

—Me inclino ante la competencia de los competentes. Y hasta le daría completamente la razón, señor alcalde, si no fuera por un detalle que sus compañeros competentes han olvidado. Que el niño, para curarse, no necesitaba ni una vaca seleccionada ni un molino de viento, sino una globulina muy especial que sólo tiene el departamento de Sanidad de Michigan. Y que no tiene nada que ver ni con las vacas seleccionadas, ni con los molinos de viento, ni con la gammaglobulina holandesa. Hacía falta concretamente la globulina norteamericana y, por eso, ¿cómo se puede reprochar al embajador norteamericano, que en lugar de mandar a buscar la globulina a Holanda, donde no hay, la haya mandado ir a buscar a América donde sí hay?

Peppone meneó el cabezón, carcajeándose divertido:

—*Latinorum, latinorum!* Cuando ya no saben qué decirte, sacan el *latinorum*, el alfa, la gamma y la omega y el que no haya estudiado latín, que se calle.

—En todo caso, señor alcalde, se trataría de griego, no de latín —objetó amablemente don Camilo—. De todos modos, tenga en cuenta que la hemoglobulina mencionada no la han bautizado los curas. Es un asunto de estricta incumbencia de los científicos.

Peppone se agarró al clavo que la soviética providencia le tendía:

—¡Pero el asunto de la Virgen apareciéndose al niño

durante el sueño es de estricta competencia de los curas, señor párroco! Y supongo que entonces querrá admitir que si la gamma hemoglobulina la han inventado los científicos, el cuento de la Virgen que se le aparece al niño durante el sueño, se lo han inventado los curas.

Don Camilo miró a Peppone con aire asombrado:

—Señor alcalde, el clero no ejerce ninguna injerencia en los sueños de los niños ni en los de los adultos. Niños y adultos sueñan cuando quieren y lo que quieren.

—Pero —gritó Peppone, que empezaba a perder la calma— mientras el avión viaja sobre el Atlántico por cuenta de la «zorra rubia» norteamericana, el niño enfermo sueña lo que quiere, ¿y qué sueña? Con la Virgen. Sueña que la Virgen lo viene a buscar, que se lo lleva al Paraíso, que le presenta a Jesucristo, y que Jesucristo le explica que, como están por en medio la señora Clara Luce y Estados Unidos, todo va a acabar maravillosamente bien.

Don Camilo abrió los brazos.

—Señor alcalde —preguntó—, ¿y qué habría tenido que soñar el niño, según usted? ¿Con Lenin que se lo lleva al Kremlin y que luego le hace explicar por Stalin el plan quinquenal?

Uno de los del grupo se carcajeó y Peppone perdió un poquito más la calma.

—¡No mezclemos las cosas con la política, padre! —exclamó—. ¡De todos modos, nosotros nos guardamos bien de atribuir a un niño sueños de este género! Primero, porque no hacemos especulaciones políticas con un niño; segundo, porque no tenemos ninguna necesidad de recurrir a cuentos...

—Tercero, porque nadie os creería —concluyó tranquilamente don Camilo.

—¡Sin embargo, sus cuentos hay gente que se los cree!

—Parece que sí, señor alcalde; hay gente que no sólo se cree el cuento del Paraíso, sino que se lo cree tanto como para comportarse en modo de ganarse el Paraíso. Y vive honradamente y siempre está en paz porque tiene fe en la divina Providencia.

Peppone se echó el sombrero hacia atrás y se puso en jarras.

—¡La divina Providencia! —exclamó—. Como las ampollas han venido de América, ahora se puede hablar de divina Providencia. ¡Si, por el contrario, hubieran llegado de Rusia, el padre no hablaría de divina Providencia, sino de intervención del demonio!

Don Camilo meneó la cabeza.

—No, señor alcalde —explicó—. Como el padre razona con la cabeza que el Padre Eterno le ha confiado, el padre no diría nunca tamaña tontería. En parte quizá también porque el padre sabe perfectamente que la divina Providencia no tiene nacionalidad ni partido. Provenga de donde provenga es muestra de la benevolencia de Dios.

—Amén —masculló *el Flaco*.

—De todos modos —prosiguió don Camilo—, en el presente caso tomamos buena nota de que la divina Providencia no ha llegado del Este, sino del Oeste.

—Por tanto —voceó Peppone—, ¡arriba Norteamérica y abajo Rusia!

Don Camilo sonrió:

—Arriba Norteamérica; pues bien, sí, si el señor alcalde lo quiere. Pero ¿por qué abajo Rusia? ¿Qué ha hecho de malo Rusia en todo este asunto? ¿Ha obstaculizado la curación del niño? Yo, señor alcalde, sé ser objetivo y por eso no temo declarar públicamente que quizá éste sea el único caso en que Rusia no ha perjudicado a nadie. Aunque, créame, señor alcalde, en lugar de gritar: «Arriba Norteamérica», sería más oportuno gritar: «Viva la divina Providencia», que ha hecho que se curara el niño enfermo.

A Peppone se le había puesto la cara tan roja como la revolución de octubre.

—En lugar de hacer que se curara —gritó—, hubiera

sido preferible que la divina Providencia no lo hubiera hecho enfermar.

—No es —replicó don Camilo— la divina Providencia la que ha hecho que el niño se pusiera enfermo, sino la naturaleza. Y dicha naturaleza está regulada por leyes rigidísimas, y pobres de nosotros si no fuera así, que si no se observan sobrevienen dolorosos zafarranchos. Usted, señor alcalde, es un consumado mecánico y sabe que un motor funciona perfectamente hasta que se estropea un mecanismo. Cuando en un carburador se obtura el chiclé, ¿es por culpa de la divina Providencia o por culpa del polvo? Todo lo que atañe a la materia compete a la naturaleza. Por otra parte, en Rusia, donde todo ha sido creado no por Dios, sino por Lenin, ¿no hay acaso también enfermedades?

Peppone poco a poco se había ido despejando y al acabar de hablar don Camilo se volvió, sonriendo, al *Flaco*.

—*Flaco* —dijo recalcando las palabras en voz muy alta—, ¿quieres preguntar al padre, a propósito de lo del carburador, si el mecánico, cuando quita el polvo que obtura el chiclé, representa a la divina Providencia?

El Flaco miró a don Camilo y le dijo:

—¿Ha oído el acusado la pregunta de la parte querellante?

Don Camilo hizo un ademán afirmativo.

—Sí, el acusado ha oído la pregunta de la parte querellante y dañada en la cabeza. Y responde que el mecánico no representa a la divina Providencia, sino un simple destornillador con un hombre detrás del mango. Estamos en el campo de la mísera materia. Nada de divino. Nada más que natural.

A Peppone le agradó la respuesta.

—Entonces, padre, pongamos otro caso. El carburador no funciona porque el tornillo del chiclé se ha aflojado y se ha perdido. Desgraciadamente, el carburador es de fabricación norteamericana y no se encuentra aquí la pieza de recambio. ¿Qué hacer? ¿Echar a la chatarra el vehículo? Afortunadamente ahí está el embajador de Norteamérica, que, al enterarse del problema, manda a buscar por avión la pieza de recambio a Washington. Se pone en su sitio el tornillo que falta y el coche vuelve a funcionar. Seguimos siempre en el campo de la mera materia porque la historia se refiere siempre al carburador; pero como la pieza de recambio viene de América, tenemos que gritar: «Viva la divina Providencia.» Por tanto, el razonamiento del padre funciona en modo distinto según si el carburador depende del Este o del Oeste.

Los socios de Peppone se pusieron a reír con sorna entusiasmados y don Camilo dejó que se desahogaran. Después replicó:

—Mi razonamiento funciona igual en todas las direcciones.

—¡Mentira! —gritó Peppone—. Si el niño está enfermo por causa de las leyes naturales, así como el carburador está averiado porque le falta un tornillo, ¿qué tienen que ver las leyes divinas si el embajador norteamericano encuentra el tornillo de recambio para el niño?

—La diferencia consiste en que el niño no es un carburador —explicó tranquilo don Camilo—. Y por eso, así como el carburador no puede tener fe en la divina Providencia, el niño sí la puede tener. La tiene y demuestra tenerla. Todo lo que concierne a la pura máquina humana, sus averías y los remedios a dichas averías, atañe estrictamente a la naturaleza y a la materia. La fe en Dios es otro asunto que tú no puedes entender, compañero carburador. Y por eso, tú, en el caso del niño, no puedes ver a la divina Providencia, sino que tan sólo ves el Pacto Atlántico y al embajador norteamericano. Quien no tiene oído no puede comprender qué es la música. El que no tiene fe en Dios no puede comprender qué significa la divina Providencia.

—O sea —gritó Peppone— que esa divina Providencia es cosa de privilegiados y no de quienes la necesitan. ¡Si cien personas tienen hambre y sólo siete creen en la divina Providencia, Dios no es justo porque manda las latas de carne sólo a los siete privilegiados!

—No, camarada alcalde: Dios manda las latas de carne a los cien, pero sólo siete de ellos tienen abrelatas. Los otros no lo tienen porque no creen en él y no lo quieren.

Peppone había perdido completamente la calma y se le notaba por la forma en que estaba sudando.

—Padre, déjese de cuentos y céntrese en la realidad; y la realidad es que mientras aquí sólo comen siete porque creen en la divina Providencia, y por eso tienen el abrelatas, en Rusia nadie cree en la divina Providencia, pero todos tienen abrelatas.

—Pero no tienen las latas —concluyó sonriendo don Camilo.

La gente se puso a reír con sorna de la salida de don Camilo, lo que puso a Peppone al borde de la rabia:

—Usted juega bien con las palabras, padre. Y siempre consigue transformar cualquier discusión en un juego de palabras. Pero aquí hemos partido de hechos concretos, no de palabras. ¡Especulación política! Sucio montaje propagandístico norteamericano sobre un niño inocente. Con todas sus trolas no ha conseguido demostrar que yo esté equivocado.

Don Camilo se encogió de hombros:

—Lo sé, ni nunca conseguiré demostrártelo porque yo nunca te podré demostrar que dos y dos son cuatro si tú crees firmemente que dos y dos son cinco, tal como te han enseñado. De todos modos, te diré que si es la propaganda política la que le ha salvado la vida a ese niño, yo grito: «Viva la propaganda política.» Y si tuviera un hijo y su salvación dependiera de un remedio ruso, yo...

Peppone no le dejó acabar.

—¡Pues yo no! —gritó—. Yo tengo el hijo, pero si su salvación dependiera de las ampollas del embajador norteamericano, ¡antes de hacerles el juego lo dejaría morir!

Don Camilo abrió los ojos de par en par horrorizado.

A las tres de la madrugada, Peppone se sentó en la cama. No podía dormir. Se levantó y se vistió a oscuras.

Salió de la habitación con los zapatos en la mano; fue a echar una ojeada al cuartito donde dormía su hijo pequeño.

Encendió la luz y estudió un buen rato la cara del niño dormido.

Se quedó allí un buen rato, luego apagó la luz y silenciosamente salió de la habitación.

Poco después, embozado hasta los ojos, caminaba por la calle helada.

Al llegar frente a la iglesia, debajo de las ventanas de la rectoría, buscó una piedra, pero la nieve helada había soldado las piedras a la tierra. Rascó el hielo hasta que le sangraron las puntas de los dedos.

Y, a medida que los minutos iban pasando, su ansia aumentaba hasta convertirse en desesperación.

Consiguió arrancar una piedra y la tiró contra las persianas de la segunda ventana del primer piso.

Al oír el ruido seco del canto contra la madera, se consoló.

Las persianas se entreabrieron.

—¿Qué pasa? —preguntó una voz malhumorada.

—Baje.

Don Camilo se echó encima el cobertor de la cama y bajó a abrir.

—¿Qué quieres a estas horas? ¿Qué ha pasado?

—No ha pasado nada —explicó, sombrío, Peppone.

—Mejor —murmuró don Camilo, tranquilizándose—. Al verte me ha entrado miedo.

—¿Miedo de qué? No soy ningún bandolero.

—Todos los que me vienen a despertar de noche me asustan. No se va a buscar al cura, de noche, para contarle un chiste.

Peppone se quedó unos segundos con la cabeza gacha y luego susurró:

—Cuando uno discute en público, a menudo dice cosas que no querría decir.

—Ya lo sé —admitió don Camilo—; no hay que hacer caso.

—¡La gente hace caso!

—Qué va: la gente sabe qué tipo de razonamientos se pueden pretender de un carburador.

Peppone apretó los puños.

—Padre —bramó—, ¡está diciendo tonterías!

—A lo mejor tienes razón: los carburadores no vienen a despertar al párroco a las tres de la madrugada. Puedes volverte a la cama.

Peppone seguía allí, quieto como una piedra.

—¿Quieres algo, camarada Peppone? —preguntó don Camilo—. ¿Necesitas quizá el abrelatas?

—Ya tengo —respondió, sombrío, Peppone.

—Bien, pues procura no perderlo. Y que Dios te ilumine también cuando estás en público.

Peppone se marchó y don Camilo, antes de volver bajo las mantas, se arrodilló ante el crucifijo.

—Jesús —dijo—. No se ha vuelto un carburador; sigue siendo el desgraciado de siempre. Gracias sean dadas a la divina Providencia.

Después se fue a la cama y, finalmente, también él pudo conciliar el sueño.

De novela policíaca

La mujer de Bradoni fue a abrir y, al encontrarse a don Camilo, pareció extrañarse mucho.

—Pero ¿es usted, padre? —exclamó.

—Sí, soy yo; ¿por qué? ¿Qué tiene de extraño?

—Con este frío, con esta nieve, ¿cómo se las ha arreglado para llegar hasta aquí, hasta ésta su casa?

—Me he traído el caballo con el tílburi —explicó don Camilo, mientras entraba en la gran cocina—. ¿Está su marido?

—¿Ha venido usted para hablar con mi marido? —dijo, sintiéndolo, la mujer—. ¡Qué mal me sabe! Mi marido se ha ido al mercado esta mañana a primera hora para vender tres terneras y no volverá hasta la noche. Estoy sola en casa: mi hijo también ha ido con su padre.

—No pasa nada —murmuró don Camilo—. Lo que le tenía que decir a su marido puedo igualmente decírselo a usted. Necesito un poco de trigo para el parvulario. No creo que vaya a consentir que vuelva a casa con las manos vacías.

La mujer se encogió de hombros:

—Padre, no mucho porque estamos en las últimas también nosotros, aunque unos veinte kilos creo que los podré sacar.

Don Camilo abrió los brazos:

—¿No mucho, dice? ¡Ah, si todos me dieran, al igual que usted, treinta kilos de trigo, menuda suerte!

—Se hace lo que se puede —contestó la mujer, mientras don Camilo sacaba del bolsillo el cuaderno y el lápiz—. Ya puede apuntar: familia Bradoni, veinticinco kilos.

Don Camilo tomó nota.

—¿Cuándo lo mandará a buscar? —se informó la mujer.

—Aprovechando que tengo el tílburi, lo cargaré yo mismo.

—Es una pena —observó la mujer—. Estoy sola en casa y tengo la espalda baldada por el reuma. No puedo hacer esfuerzos.

—No se preocupe —respondió, riendo, don Camilo—. Yo no tengo reuma y puedo llevar veinticinco kilos de trigo como si fueran un paquete de galletas.

La mujer se puso en marcha y don Camilo la siguió, subiendo detrás suyo hasta el segundo piso, donde estaba el granero.

—Padre, no se fije en el desorden —comentó la mujer, mientras metía la llave en la cerradura de la puerta del granero.

—A mí sólo me importan mis veinticinco kilos de trigo —respondió don Camilo—. Con tal que ésos estén, todo lo demás es perfecto.

La mujer no había mentido, y si el montón de trigo era pequeño, el desorden era grande, porque el granero servía también de depósito general de trastos.

—En cuanto caiga por aquí el trapero —exclamó la mujer—, voy a hacer que se lleve todo esto, aunque se lo tenga que regalar.

Don Camilo se sorprendió y se acercó al montón de cachivaches.

—Si va a hacer eso —le dijo a la mujer—, aquella estufa de allí, en lugar de darla al trapero, démela a mí. Me servirá para el pasillo del parvulario. Está siempre helado y los niños quisieran siempre jugar en el corredor.

—Es un trasto viejo, roto— objetó la mujer.

—Se puede arreglar la mar de bien.

—Bueno, padre: si la quiere, llévesela ahora, que me hará un favor.

Don Camilo no se lo pensó ni un instante: sacó la estufa y la metió dentro de un saco porque estaba llena de polvo y de suciedad, y la bajó junto con los veinticinco kilos de trigo.

—Muchísimas gracias —dijo a la mujer al despedirse—. Los sacos se los devolveré dentro de unos días.

—El del trigo, sí —replicó la mujer—. El otro ya se lo puede quedar porque está muy viejo y ya no nos sirve.

Don Camilo, en cuanto hubo cargado en el tílburi su mercancía, emprendió el camino de regreso.

Naturalmente, se paró en todas las eras y, por eso, cuando llegó a la rectoría ya era oscuro.

Ni intentó encontrar a nadie que le ayudara a descargar los sacos; se las apañó él solo, y, cuando hubo colocado el trigo recogido, se dispuso a desenganchar el caballo del tílburi, aunque en seguida cambió de idea.

«Acabemos también con el asunto de la estufa —pensó—. A lo mejor tengo la suerte de encontrar a un desgraciado dispuesto a arreglármela para mañana.»

Volvió a cargar en el tílburi la estufa que había sacado fuera del saco y, tras convencer al caballo de que volviera a ponerse en ruta, salió en busca del «desgraciado».

El «desgraciado» estaba aún en el taller, ordenando las herramientas del oficio.

—¿Está el herrero? —preguntó cautelosamente don Camilo al entrar.

—¡Está cerrado! —contestó, sin volverse siquiera, el «desgraciado».

—¡Pues vaya! —exclamó don Camilo—. Si está cerrado, ¿cómo he podido entrar?

—¡Ha entrado indebidamente! —replicó malhumorado Peppone—. Por tanto, ya puede salir.

—De acuerdo; salgo, pero te dejo aquí esta estufa. La necesito para mañana por la mañana.

Peppone se rió sarcásticamente:

—¿Necesita la estufa para mañana por la mañana? Si espera calentarse el trasero con esa estufa, se va a morir de frío.

—La estufa no es para mí, sino para los niños de la guardería —explicó don Camilo—. Si eso tampoco te interesa, me volveré a llevar la estufa.

Peppone se giró.

—¿Sacamos también a relucir la especulación política con la estufa, padre? —se informó, socarrón.

—Peppone, déjate estar de política y piensa en el frío. Mira de remendarla para que sirva para este invierno. Si pudieras tenérmela lista para mañana...

—¡No me comprometo! —refunfuñó Peppone—. Pruebe a venir a eso de las diez.

Don Camilo se fue y Peppone bajó la puerta metálica con gran estrépito.

Hacia las diez del día siguiente don Camilo iba a mandar al campanero a recoger la estufa, cuando entró en la rectoría alguien que parecía un endemoniado: era Bradoni.

—Padre —jadeó—, ¡la estufa!

—¿La estufa?

—¡Sí, la estufa que le regaló ayer mi mujer! ¿Dónde está?

—La he llevado al herrero —explicó don Camilo—. Dentro de unos momentos estará lista.

El hombre parecía totalmente enloquecido.

—¡La estufa! —gritó—. ¡Tengo que verla en seguida!

Don Camilo se echó el tabardo sobre los hombros y siguió a Bradoni, que había salido corriendo.

Lo alcanzó justo delante de la puerta del taller de Peppone, pero no consiguió detenerlo.

Peppone estaba trabajando con el torno de mano y miró extrañado a Bradoni:

—¿Qué le pasa? —murmuró.

—¡La estufa! —gritó Bradoni—. La estufa que le ha traído don Camilo.

—¡No hace falta que se altere tanto! —replicó Peppone—. La estufa está ahí, ya lista.

Bradoni se acercó a la estufa, sacó la tapa, abrió la portezuela y miró ávidamente dentro y, después de haber mirado bien, metió un brazo dentro de ella y luego, sin darse por satisfecho, le dio la vuelta y la puso boca abajo.

Por fin se volvió, pálido como un muerto, hacia Peppone.

—Lo mío —dijo.

—¿Lo suyo? —inquirió Peppone.

—Yo había puesto algo dentro de la estufa —explicó, excitadísimo, Bradoni—. Mi mujer no lo sabía y ha regalado la estufa a don Camilo. Me he dado cuenta esta mañana al ir al granero.

Peppone abrió los brazos:

—Bradoni, yo no he encontrado más que herrumbre y porquería dentro de esa estufa.

—¿Y usted, padre? —le preguntó Bradoni a don Camilo.

—Qué quiere que haya encontrado —exclamó don Camilo—. Si hubiera encontrado algo, se lo habría ido a llevar sin necesidad de que se molestara. Ni he mirado tan siquiera la estufa: tal como su mujer me la ha dado la he traído aquí.

Bradoni se dejó caer encima de un taburete. Parecía la viva imagen de la desesperación.

—Si dentro había algo, se puede haber perdido durante el trayecto de su casa hasta aquí —sugirió Peppone.

Bradoni meneó la cabeza.

—¡Es imposible! —gritó—. El padre, antes de sacar la estufa, la ha metido dentro de un saco. El saco estaba sucio, pero no estaba agujereado.

Peppone se echó el sombrero a un lado.

—Para empezar —dijo—, aquí la estufa ha llegado sin saco. Padre, ¿estamos de acuerdo sobre este punto?

—¡Mi mujer jura que el padre ha metido la estufa dentro del saco! —insistió Bradoni.

—Calma —intervino don Camilo—. ¿Quién dice lo

contrario? Yo metí la estufa en el saco al cogerla en su casa y la he sacado de él al llegar a mi casa.

Peppone sacó la conclusión:

—O sea, que la cosa es sencilla: o lo suyo está dentro del saco o se ha perdido durante el transporte de la rectoría al taller.

Bradoni miró con ansiedad a don Camilo:

—¿Tiene aún el saco?

—Claro —respondió don Camilo—. Lo he sacudido un poco antes de guardarlo. Pero si lo que ha perdido es algo pequeño, muy bien puede ser que se haya quedado dentro del saco.

—¡Algo pequeño! —gimió Bradoni—. ¡Era un fajo así de grande! Un millón en billetes de diez mil, de cinco mil y de mil liras.

Don Camilo y Peppone se miraron aturdidos.

—¡Y usted pone un millón dentro de una estufa vieja, en el granero, corriendo el peligro de que las ratas le echen a perder todos los billetes! —exclamó Peppone, mirando de arriba abajo a Bradoni.

—¡Qué ratas! —gimió Bradoni—. El dinero estaba dentro de una caja de hojalata y con la tapa atada con un alambre. Y la caja era justo igual de grande que el hueco de la estufa; se ajustaba tanto que para hacerla bajar hasta el fondo he tenido que empujar con un palo la tapa. No podía salir sola, ni aun poniendo boca abajo la estufa; había que sacarla haciendo fuerza.

Don Camilo meneó la cabeza.

—Pues todo queda claro —explicó—. Como la caja no puede haberse salido del agujero durante el transporte, significa que la hemos sacado o Peppone o yo.

—¡Yo no digo esto! —replicó Bradoni—. Digo que tiene que haberla sacado alguien.

Peppone concretó su posición.

—En cuanto a mí —afirmó—, desde que la estufa ha entrado aquí dentro, sólo la he visto y la he tocado yo.

—Ídem —comentó don Camilo—. Desde su casa hasta

aquí sólo yo he tocado y he visto la estufa. De modo que existen tres posibilidades: que la caja la haya quitado yo, o que la haya quitado Peppone, o que alguien la haya quitado antes que me la dieran.

—¡Imposible! —gritó Bradoni—. El dinero me lo dieron la otra tarde en la ciudad, adonde fui a vender cuatro bueyes. Lo metí dentro de la estufa en cuanto volví a casa. Y el dinero ha estado dentro de la estufa sólo pocas horas; desde que lo metí hasta que el padre se ha llevado la estufa. Nadie me ha visto meter el dinero dentro de la estufa porque mi mujer y mi hijo ya estaban en la cama. Y la llave del granero siempre la ha tenido mi mujer porque, cuando me he marchado por la mañana a las seis y media al mercado con mi hijo, he entregado la llave a mi mujer ordenándole no dársela a nadie.

—Yo he llegado a su casa a las dos de la tarde —observó don Camilo—. ¿No puede ser que, desde las seis y media hasta las dos, alguien haya quitado la llave a su mujer sin que ella se diera cuenta?

—No —respondió Bradoni—. Aparte de que estaba sola en casa, mi mujer ha tenido todo el rato la llave en el bolsillo.

Peppone dijo:

—Oiga, Bradoni: no es por hacer ninguna insinuación, pero ¿no podría ser que su mujer haya ido a curiosear al granero? Ya me entiende: las mujeres son suspicaces... Al oírle decir que no diera la llave a nadie...

Bradoni indicó que no con la cabeza:

—No, no ha sido ella. Si hubiera sido ella me lo habría confesado con la paliza que le he dado.

Peppone apretó los puños.

—Oiga —dijo—. Dentro de la estufa yo no he encontrado nada y no quiero que me vengan con cuentos. Vaya a contar sus historias al comandante de puesto de los *carabinieri.*

—Lo mismo digo —añadió don Camilo—. ¡Y vaya porque, si no, iré yo!

—¡Claro que voy a ir, y ahora mismo! —gritó fuera de sí Bradoni.

El hombre se marchó gesticulando y Peppone se volvió malhumorado a don Camilo.

—¿No podía comprometer a algún otro? —gritó—. ¿Era justo a mí a quien tenía que meter en sus líos?

—¡Yo no tengo ningún lío, ni he inmiscuido a nadie! —replicó duro don Camilo—. Yo tenía una estufa por arreglar y la he llevado al herrero. Yo no he visto si había nada dentro. Yo, tal como me la han dado, la he traído aquí.

—Y yo, tal como me la ha dado, se la devuelvo: ¡vacía y sin saco! Sin saco, que quede bien claro. Y ahora, coja su maldita estufa y lárguese.

—Yo no me llevo nada y tú la estufa la vas a dejar así, tal como está, sin que la toque nadie. Ahora la estufa pertenece a la justicia y el que la toque comete delito.

Don Camilo volvió furioso a la rectoría, y aún no había colgado el tabardo en el perchero, cuando ya estaban llamando a la puerta.

Era el comandante de puesto.

—Padre —se excusó el comandante de puesto—, siento que esté usted implicado en este desagradable asunto...

—¿Implicado? —balbuceó don Camilo—. ¿Qué tengo yo que ver? ¡Yo soy una persona honrada!

—Nadie lo pone en duda, padre; pero la justicia, desgraciadamente, en todos los hechos y delitos, parte del supuesto que todas las personas implicadas pueden ser culpables. Todos, empezando por el que dice ser víctima de la acción criminosa.

Don Camilo se rebeló.

—Yo —manifestó— empezaría interrogando a la mujer de Bradoni. Es la única que puede decir realmente lo que pasa.

—Desgraciadamente es la única que no puede ser interrogada porque, durante el *interrogatorio* que le ha hecho su marido, ha recibido tantos palos que ahora está en el hospital con conmoción cerebral. Por favor, padre: nombre, apellido, nombre de sus padres, lugar y fecha de nacimiento, profesión...

Don Camilo se sintió casi un criminal.

Estudiada diligentemente la cuestión, supervisado todo lo supervisable, la gente del pueblo se dividió en dos sectores: el primer sector mantenía esta hipótesis: «El millón lo ha birlado Peppone.»

El segundo mantenía: «El millón lo ha birlado don Camilo.»

Naturalmente, la hipótesis antiPeppone era la que obtenía la enorme mayoría: ¿Qué puede hacer con un millón un pobre cura de pueblo? ¿Hay algún otro pobrecillo en el pueblo más fácil de controlar que el párroco?

Pero ¿quién fiscaliza o puede fiscalizar un partido?

¿No era acaso Peppone uno de esos fanáticos que, con tal de beneficiar al partido, están dispuestos a correr cualquier riesgo? ¿No había acaso asaltado Stalin, en sus tiempos, los furgones postales para ayudar a la causa y al partido? El hecho de que Stalin fuera un ladrón por «necesidad de partido», ¿no era acaso considerado por los rojos como un gran mérito en lugar de una culpa?

Todo depende del ángulo desde el que se mire.

Peppone sabía perfectamente lo que decía la gente, pero no se movía ni un milímetro; y el hecho de que Peppone no se moviera y no gritara le extrañaba cada vez más a don Camilo.

Las cosas siguieron así durante un tiempo; hasta la vez en que Peppone y don Camilo se encontraron cara a cara.

Fue una tarde de invierno y el encuentro se efectuó en un lugar solitario: los dos se encontraron con sendas escopetas de caza en las manos y se miraron airadamente.

El primero en hablar fue Peppone.

—Padre —dijo Peppone—, aquí estamos sólo tres: yo, usted y Dios. Bien, si juro ante usted y ante Dios que yo no he cogido aquel dinero y que no sé quién lo puede haber cogido, ¿me creería?

Fue algo tan imprevisto y tan solemne que don Camilo se quedó allí parado y sin poder articular ninguna palabra para contestar de algún modo.

Al final le salió una, corta, muy corta, pero suficiente:

—Sí.

Después le salieron otras, pero ya completamente inútiles.

—Y si yo te jurara... —empezó don Camilo.

—No hace falta que me lo jure —lo interrumpió Peppone—. Sé que no ha sido usted.

Don Camilo se quedó con la boca abierta.

—Pues —balbuceó— si no he sido yo ni has sido tú, ¿quién ha sido?

Peppone abrió los brazos:

—Dios sabrá.

Don Camilo regresó a su casa y se fue corriendo a desahogarse con el Cristo del altar mayor.

—Jesús —exclamó excitado—. ¡No ha sido él! ¡No ha sido Peppone!

—Don Camilo —respondió el Cristo—, ¿a mí me lo cuentas? ¿He dicho alguna vez que hubiera sido Peppone?

—¡Ni yo, Señor; yo nunca lo he dicho!

—Pero lo has pensado, don Camilo.

Don Camilo bajó la cabeza.

—Lo he pensado —admitió—. Y me sabía tremendamente mal pensarlo. Pero ¿entonces quién ha sido? ¡Porque si el dinero ha desaparecido, no puede haber desaparecido por obra del Espíritu Santo!

—Claro que no —admitió el Cristo.

Aquella noche don Camilo no pudo dormir: sentía que la verdad estaba allí a su alcance, pero no lograba aferrarla.

A la mañana siguiente, don Camilo se fue a ver a Peppone al taller.

—Yo no me puedo mover —dijo—, pero tú sí que puedes hacer una escapada a Turín.

—¿A Turín? —se extrañó Peppone—. ¿Y qué tengo que ir a hacer yo a Turín?

Don Camilo le explicó lo que creía que tenía que ir a hacer a Turín.

—¿No sería más simple hablar con el comandante de puesto? —objetó Peppone.

—No; hablar de un tipo al comandante de puesto es como acusar a ese tipo, convertirlo en sospechoso. ¿Y si luego resulta que el tipo no tiene nada que ver?

Peppone salió para Turín y, al cabo de cuatro días, volvió y se fue directamente al comandante de puesto.

—Soy parte encausada y no es que venga a hacer de delator, sino a defenderme, a mí y a mi reputación. Y también la del párroco —explicó Peppone al comandante de puesto—. Cuatro días después de la desaparición de la famosa caja de Bradoni, el hijo de Bradoni se fue a hacer el servicio militar. Ahora está en Turín desde hace tres meses y, a pesar de ser soldado raso, lleva una vida más brillante que la de un generalísimo. ¿Quiere ir a preguntarle de dónde ha sacado el dinero? ¿O dónde lo ha encontrado?

Una vez interrogado Bradoni hijo, unos días después, por unos eficientes individuos de Turín, dijo que el dinero lo había encontrado dentro de una estufa, en el granero de su casa.

—Aquel dinero me hacía más falta a mí que a mi padre —explicó al final—. Yo necesito un montón de cosas porque soy joven. Mi padre no necesita nada.

—¿Y los palos que ha recibido tu madre por tu culpa? —le preguntó al joven el jefe de los eficientes individuos de Turín.

—Las madres se tienen que sacrificar por el bien de

los hijos —respondió el joven, encogiéndose de hombros—. ¡Sólo se vive una vez!...

El jefe de los eficientes individuos de Turín aprobó meneando la cabeza:

—Hijo, tienes razón: sólo se vive una vez. Pero esto no es razón para hacerlo como un sinvergüenza.

Luego le sacudió en el morro una bofetada extrarreglamentaria. Pero fue una bofetada tan limpia, tan precisa, tan noblemente maciza como para ser digna de figurar en el calendario bajo la denominación de «Santa Bofetada».

El culebrón

La Palanca, una de las siete aldeas pertenecientes al municipio administrado por Peppone y compañía, era exactamente igual que los otros cien villorrios de la Tierra Baja.

El mismo aire, las mismas casas, las mismas ideas.

Y, sin embargo, si un forastero al llegar a La Palanca hubiera preguntado a alguien del lugar: «¿Es esto La Palanca?», se habría oído contestar con voz ferozmente amenazadora: «Sí, ¿por qué?»

Y si luego el mismo forastero, al volver al pueblo principal, hubiera manifestado su extrañeza a algún habitante del mismo por la rara acogida recibida en La Palanca, se hubiera oído responder alegremente: « ¡Natural! ¡Los de La Palanca son los famosos aquellos que querían desplazar el campanario! »

En la tradición popular italiana hay cinco o seis historias desafortunadas que, desde hace siglos, se cuentan desde el extremo norte hasta el extremo sur.

Historias que tienen todas ellas por protagonista a todo un pueblo y que sirven, cada una de ellas, para difamar a todo un pueblo entero.

« ¡Los de X son aquellos famosos que hicieron pintar en la torre un reloj con trece horas! »

«Los de Y son aquellos famosos que abrillantaron con arena el monumento de bronce de la plaza.»

Y cosas semejantes.

Porque ya ha quedado establecido que en cada comarca tiene que haber, para cada grupo de pueblos, un «pueblo tonto».

Y la verdad es que en cada zona hay el «pueblo tonto».

Noventa y nueve veces sobre ciento se suele tratar de un pueblo que nunca ha hecho nada que justifique la calificación que le ha sido atribuida por la gente de los pueblos próximos y, noventa y nueve veces sobre ciento, la única culpa del desgraciado pueblo es la de tener un nombre gracioso, un nombre fuera de lo común.

La Palanca tenía un nombre más gracioso que las otras aldeas de la comarca, y por eso le tocó a La Palanca representar el papel del pueblo que había querido mover el campanario de sitio. «Los de La Palanca son los que querían cambiar de sitio el campanario —cuenta la gente—. Y, para que corriera mejor, habían esparcido en el suelo, alrededor del campanario, mucha paja, y luego habían empezado a empujar el campanario. Y como, al hacer fuerza con los pies sobre la paja resbalaban, les parecía que era el campanario el que se movía y gritaban: " ¡Ánimo, que se mueve! "»

Una historia descabellada, infantil. Aunque son precisamente las historias estrambóticas las que más gustan a la gente y, una vez colgado el sambenito a alguien, no hay manera de hacerlo olvidar.

Eso es lo que había pasado con La Palanca. Hacía más de cien años que La Palanca sufría el «complejo de la paja».

Una vez que cierta pandilla de muchachos del pueblo principal había ido durante el carnaval a La Palanca con una mascarada compuesta simplemente por un carro cargado de balas de paja, se había armado un jaleo tremendo y mucha gente se tuvo que ir a hacer coser el tiesto al hospital.

Sin embargo, de todos los pueblecitos del municipio administrado por Peppone, La Palanca era el más triste.

Los de La Palanca, hasta los más razonables y más desenvueltos, se sentían oprimidos por el «complejo de la paja», que era un auténtico y verdadero complejo de inferioridad.

Y así, la gente que antes era cordial y alegre se había vuelto recelosa y murria.

«¿Es usted de La Palanca?»

«Sí, ¿por qué?»

En cada forastero que se interesara por La Palanca, sus habitantes veían a un provocador.

Y en el forastero que no se interesaba por La Palanca, sus habitantes veían un probable provocador, tanto que, al final, miraban con suspicacia y hostilidad a toda persona que no fuera del pueblo.

La Palanca se había vuelto el pueblo más melancólico de la zona. El más escuálidamente monótono, puesto que, aunque entre los habitantes había gente con iniciativa, nadie emprendía nada. Nadie organizaba nada.

Se sentían con miles y miles de ojos encima y sabían que si una iniciativa cualquiera no hubiera tenido éxito, miles de «extranjeros» se iban a burlar socarrona y ferozmente.

Los «extranjeros» más odiados eran, naturalmente, los del pueblo principal. Los del pueblo principal se daban un poco aires de ciudadanos y sus bromas resultaban, pues, más amargas e intolerables para los campesinos de La Palanca.

Además andaban por medio las chicas. Las chicas del pueblo principal, que gustaban mucho a los jóvenes de La Palanca, pero que se reían a la cara de los que decían ser habitantes de La Palanca.

«¡Ah! ¿Uno de esos que querían mover la torre de sitio?», exclamaban las «ciudadanas» del pueblo grande.

Los jóvenes de La Palanca estaban obligados a ocultar de dónde eran. Pero acababan siempre por descubrirlo los jóvenes rivales del pueblo grande. Y las chicas, si no se habían burlado antes, acababan por burlarse más tarde.

Hacía más de cien años que los de La Palanca se hacían mala sangre porque los vivos seguían haciéndose mala sangre también por los muertos. Hacía cien años que soñaban con vengarse. Pero el destino nunca había sido propicio para los infelices.

Y La Palanca iba volviéndose cada vez más triste.

Y todos sus habitantes habían llegado a detestar La Palanca y a todos sus vecinos, igual que el obrero oprimido por un trabajo ingrato llega a odiar la fábrica en que trabaja y a todos los demás obreros que trabajan con él.

Hacia mediados de febrero de aquel año, en el pueblo principal sucedió un caso extraordinario.

Después de meses de lobreguez invernal, había vuelto a resplandecer el sol y había fundido rápidamente la nieve y había alegrado al pueblo que parecía en letargo.

A primeras horas de una templada y luminosa tarde, mientras la gente estaba sentada tranquilamente a las puertas de las casas calentándose al sol, se oyó un gran vocerío.

Llegó a la plaza una pandilla de chiquillos, todos ellos con el terror reflejado en las caras, jadeando por la carrera y el susto.

Los muchachos se pararon delante del café de los soportales y empezaron a hablar todos a la vez para explicar a la gente sentada a las mesas lo que había pasado.

No había forma de entender lo que decían y Peppone lanzó un bramido:

—¡Que hable uno solo y que los demás se callen!

Habló sólo uno y dijo que habían visto una gran serpiente.

Peppone se puso a reír y dio un amistoso pescozón al chico. Pero los otros de la pandilla insistieron.

No lo había soñado: era la pura verdad.

Además con sólo hacer cien metros se podía verificar fácilmente la verdad: el culebrón se estaba calentando al sol sobre un gran montón de escombros del edificio que, tiempo atrás, había sido el viejo matadero.

Llegaron tres o cuatro mujeres que armaron un gran

revuelo; ellas también habían visto la gran culebra, y una de ellas, después de contarlo, cayó desmayada entre los brazos de la gente que estaba allí.

Peppone se puso en camino y la población lo siguió. Allí estaba el montón de escombros del viejo matadero. Peppone, lenta e imperceptiblemente, aminoró la marcha. Al llegar a unos veinte metros del montón, se paró en seco.

Encima del montón había algo redondo y viscoso que brillaba bajo el sol.

—¡La culebra! —gritaron los chiquillos.

Casi molesto por tanto alboroto, el reptil se movió y a la gente se le heló la sangre en las venas.

Mientras los demás se quedaban inmóviles, Peppone dio aún unos pasos.

Ahora veía perfectamente al culebrón: debería de tener bastantes metros de largo y era tan grueso como un brazo robusto.

Pareció como si el animal se fuera a mover, pero se volvió a quedar quieto.

Una comisión de valerosos ciudadanos, capitaneados por *el Flaco*, se reunió con Peppone y estudió atentamente a la bestia.

—Jamás he visto un culebrón semejante y de ese color negro azulado —dijo al final *el Flaco*—. Seguramente debe de ser una serpiente que se habrá escapado de algún circo ambulante.

Efectivamente, un circo ambulante había estado por aquellos parajes, dos meses antes, y llevaba leones, tigres, monos y serpientes.

El serpentón debía de haberse escapado de aquel circo y encontrado un fácil y seguro refugio entre el montón de escombros. Allí había invernado, en letargo, y ahora, al despertarse, había salido a tomar el sol.

Fuera como fuese, se trataba de un peligro, y por eso había que actuar en seguida, antes de que el culebrón se volviera a esconder.

Peppone susurró algo al *Flaco*, que salió volando.

En aquel momento apareció don Camilo, que, después de haberse hecho precavidamente informar por los espectadores de primera fila, se adelantó hasta llegar al lado de Peppone. Escudriñó atentamente al culebrón que brillaba al sol y luego, volviéndose a Peppone, preguntó:

—¿Un camarada escapado de la sección?

—No, un cura escapado del seminario —respondió con cara de pocos amigos Peppone, sin dignarse echarle ni una ojeada.

El Flaco ya estaba de vuelta.

—¡Jefe! —exclamó, enseñándole la escopeta de dos cañones y la cartuchera.

Peppone se acercó a él, tomó dos cartuchos y los introdujo en la escopeta.

Un viejo se adelantó.

—Señor alcalde —dijo el viejo—, ¡espero que no esté tan loco como para dispararle!

—¿Y qué quiere que le haga? ¿Una serenata? —replicó Peppone.

—No se puede —afirmó un segundo viejo—. Si se dispara a una bicha, estallan los cañones de la escopeta.

—¡No digas tonterías! —refunfuñó *el Flaco*—. ¿Qué tienen que ver las bichas con las escopetas? ¿Qué relación hay?

—Y entre la luna y el vino, ¿hay alguna relación? —preguntó un tercer viejo.

—No —respondió *el Flaco*—. ¿Y qué?

—Pues que si no se embotella el vino con la luna llena después de haber dejado pasar un miércoles, el vino se estropea.

—¡Residuos del oscurantismo medieval! —dijo, riéndose, Peppone, que sin la luna buena no hubiera embotellado vino, aunque se lo hubieran impuesto con una pistola en la nuca.

Peppone, tras cargar la escopeta, se acercó al montón de escombros, pero un grito lo detuvo:

—¡Giuseppe, no hagas locuras! ¡No se puede disparar a la bicha!

Era su mujer, que, llegada en el último momento e informada rápidamente de la situación, había tomado en seguida la dirección general de las operaciones.

—¡Tú a callar y a casa! —le contestó ferozmente Peppone.

Pero se veía que ya no tenía la seguridad del principio y que empezaba a sudar.

Lo que si se dispara a una bicha, estallan los cañones de la escopeta, era un cuento hasta cierto punto porque Verola, hacía veinte años, se había accidentado precisamente así, disparando a una bicha en el bosque.

Mientras tanto, el culebrón parecía cansado de esperar y se había movido un momento. Peppone tenía que disparar a toda costa.

Cuando se disponía a apuntar con la escopeta, oyó la voz de don Camilo:

—Compañero, dame a mí: yo no creo en el oscurantismo medieval. Y además no tengo mujer ni hijos.

—¡Antes que darle esta satisfacción prefiero reventar mil veces! —respondió Peppone.

—¡Déjalo estar! —le aconsejó don Camilo, poniéndole una mano sobre el hombro. Pero Peppone se separó y, alcanzando de un salto una altura mayor, disparó un par de disparos atómicos al culebrón.

El serpentón se estremeció, pero Peppone, llevado por la fuerza de la desesperación, estaba exacerbado; volvió a cargar fulminantemente y pegó otros dos tiros.

Después lo volvió a hacer por tercera vez y luego por cuarta vez.

—Está acabado —anunció don Camilo—. Las balas lo han destripado totalmente. ¡Señor alcalde, ha salvado al pueblo!

Luego, trepando hasta lo alto del montón, se agachó sobre los restos exánimes de la serpiente y, agarrándola, la levantó y bajó llevándola a rastras.

La gente retrocedió presa de instintivo horror y luego, cuando vio que se trataba de un grueso tubo de goma de manguera de camión cisterna, sucio de nafta y de aceite lubricante, la gente dio un paso hacia delante.

Peppone se había puesto más pálido que un muerto.

—¡Quisiera tener entre mis manos al delincuente que ha montado esta broma! —gritó.

Pero no era ninguna broma: y se supo la verdad pocas horas después, cuando Giarini, el camionero, confesó cándidamente en el café que aquel viejo tubo de goma untado y pringado lo había tirado él al montón, la noche anterior.

Pero lo que ya era irreparable era lo acontecido y había que tomar medidas inmediatamente.

Peppone mandó llamar a los corresponsales de los diarios y les hizo un comunicado rápido y claro:

—Si esta historia aparece en los periódicos, os las vais a tener que ver conmigo y os voy a retorcer el pescuezo a todos.

Todo el pueblo automáticamente fue automovilizado y no hubo necesidad de directrices. Todos sabían lo que tenían que hacer: callar y hacer ver que no había pasado nada.

Tratárase de Peppone o de cualquier otro, el asunto daba igual. Estaba de por medio el buen nombre de todo el pueblo.

Si todos los habitantes no cumplían con su deber, iban a salir perjudicados todos.

Si la gente de los pueblos cercanos se enteraba de lo que había pasado, los ciudadanos del pueblo principal iban a ser marcados para toda la eternidad. Los llamarían: « ¡Los del culebrón! »

En el pueblo grande sucedió entonces algo milagroso: desaparecieron los resentimientos y los intereses de partido, y todos los ciudadanos se apiñaron automáticamente como uno solo, como un bloque único de granito.

Y nadie habló, nadie hizo la menor mención sobre la

aventura del culebrón; pero, al cabo de tres días, una terrible noticia circuló rápidamente por el pueblo.

Peppone, sin vacilar, se dejó caer por la rectoría.

—¡Padre —gritó excitadísimo—, hoy tenemos que mostrarnos todos de acuerdo y, por tanto, tenemos todos que cumplir, sin discutir, con nuestro propio deber de ciudadanos!

—De acuerdo —respondió don Camilo.

—Entonces, coja la bicicleta y vaya volando a La Palanca. Dentro de tres días tenemos el desfile de disfraces y se ha sabido que los de La Palanca van a participar con una carroza alegórica.

Don Camilo lo miró extrañado:

—¿Y qué tiene de malo?

—¡Tiene de malo que los de La Palanca van a hacer una carroza alegórica que representa un culebrón!

Don Camilo sacudió la cabeza.

—¡Vaya desastre! —murmuró—. Por otra parte, era de esperar. No es posible mantener oculto un hecho tan ridículo.

—¡Padre —gritó Peppone—, le digo que si los de La Palanca se presentan con una carroza así, va a haber una carnicería! No estamos dispuestos a tragarnos la afrenta. Sólo usted puede intervenir y convencer a esa gente para que renuncien a la idea. Si voy yo, puede ocurrir que mate a quince o dieciséis de ellos.

—Mejor que no, compañero —lo amonestó don Camilo—. Ya te basta con haber matado el culebrón.

—¡Tendría que darle vergüenza! —vociferó Peppone—. ¡Recuerde que si le hubiera hecho caso, habría sido usted quien hubiera matado al culebrón de goma! ¡Y, además, moralmente lo ha matado usted también, porque estaba a mi lado!

Don Camilo se puso el tabardo, se montó en la bicicleta y cogió el camino de La Palanca.

Don Camilo había estado en La Palanca hacía quince días y lo recordaba como el más triste, sombrío y melancólico pueblo del mundo.

Pueblo poblado por gente sombría, huraña, taciturna.

Al llegar a La Palanca creyó haberse equivocado de camino porque se encontró en una localidad risueña, con brío, llena de gente sonriente, cordial, jovial. Parecía un hervidero.

Hasta daba la impresión de que las casas fueran distintas; distintas de color, distintas como arquitectura. Tenían incluso un aspecto coquetón.

Una localidad remozada.

Una localidad que había vuelto a renacer.

Don Camilo preguntó por el párroco.

—Está reunido en la cooperativa comunista —le contestaron.

Don Camilo se creyó que le querían gastar una broma, pero cuando un viejo se aproximó y se ofreció a acompañarlo, don Camilo comprendió que la cosa iba en serio.

Al llegar a la cooperativa comunista apoyó la bicicleta contra la pared y entró con cautela; conocía aquel almacén-mesón como la guarida de los rojos del lugar, que eran de los más desencadenados.

En cuanto entró, vio un espectáculo increíble: alrededor de una gran mesa llena de botellas estaban sentados, discutiendo tranquila y pacíficamente, todos los capitostes del pueblo: el párroco, los clericales, los monárquicos, los republicanos, los fascistas, los socialistas, los comunistas.

Los ricos y los pobres, los jóvenes y los viejos, los demócratas y los antidemócratas, los progresistas, los conservadores y los regresistas.

Don Camilo no tuvo valor de seguir adelante. Dio media vuelta prudentemente y, cuando volvió a estar fuera, mandó a un joven que pasaba por allí a buscar al párroco.

Al cabo de poco, el párroco salió del local.

—¡Vaya, si es nuestro don Camilo! —exclamó, dándole un caluroso apretón de manos—. ¿En qué puedo servirle?

—Venía a hablar con usted para organizar juntos la procesión de mayo —balbuceó don Camilo, por decir algo.

—Don Camilo, perdóneme —replicó el otro—. Ya iré a verle yo uno de estos días. Tenemos mucho tiempo por delante. Ahora tengo que volver inmediatamente a la reunión. Debemos tomar los ultimísimos acuerdos. Los más importantes.

Don Camilo abrió los brazos y el otro, siempre excitadísimo, se le acercó:

—No puedo darle detalles. ¡Pero ya verá el domingo! ¡Ya verá el domingo!

—Ya entiendo —respondió don Camilo—. Pero ¿no cree que el juego puede ser peligroso? Conozco a la gente del pueblo. No quisiera que ocurriera algún percance.

—¿Algún percance? ¿Y por qué? —gritó el párroco—. ¡Hace cien años que lo estamos esperando! Hace cien años que el pueblo sufre en silencio. Cien años de provocaciones, de insultos, de vejaciones. ¿Tenemos o no tenemos derecho también nosotros a decir lo que queremos?

Don Camilo no insistió.

—Procuren no exagerar —aconsejó tímidamente.

—Tranquilícese, padre —exclamó el párroco—. Nosotros, los de La Palanca, tenemos la cabeza sobre los hombros: ¡no somos como los del culebrón!

Don Camilo se dirigió directamente al taller de Peppone.

—No hay nada que hacer, compañero. El domingo van a participar en el desfile con la carroza del culebrón.

—No les vamos ni a dejar entrar en el pueblo —replicó, furioso, Peppone.

—Entrarán, Peppone —observó don Camilo—. Los de La Palanca ya no son los mismos de antes. No podía ni reconocer el pueblo. Parece un pueblo nuevo. Y la gente ha cambiado.

Don Camilo contó lo que había visto en La Palanca y concluyó:

—El culebrón ha hecho que los de La Palanca volvieran a encontrar la unidad nacional. Desde el párroco hasta el rojo más extremista, desde el terrateniente hasta el último bracero, la gente de La Palanca son un bloque único de granito. Se quieren tanto los unos a los otros que sería un delito perturbar aquella dulce atmósfera de paz.

Peppone apretó los puños:

—Pues que hagan lo que quieran. ¡Si el domingo se derrama sangre, la culpa no será nuestra!

Después Peppone meditó sobre ello y modificó el programa:

—Si ellos han encontrado la unidad nacional, también la vamos a encontrar nosotros. Esta noche celebraremos una asamblea general nosotros también y estableceremos las contramedidas oportunas.

El plan de las contramedidas consistió en que, ricos y pobres, rojos y negros, jóvenes y viejos, mujeres y hombres, se pusieran de acuerdo para construir con toda urgencia una carroza alegórica de emergencia, basada en el tema: «El triunfo de la paja.»

Al domingo siguiente, al desfile de disfraces de la población principal asistieron todos los de La Palanca.

Hasta las viejas de noventa y seis años, hasta los enfermos.

Y todos se comportaron perfectamente, porque, cuando vieron desfilar el carro de la paja, hicieron ver que no lo veían.

Y los del pueblo grande, cuando vieron desfilar la carroza titulada «Caza al culebrón» hicieron lo mismo.

La carroza era toda una obra de arte, porque el culebrón, enorme, figuraba como si estuviera hecho con tubos de estufa. Abría y cerraba ferozmente las fauces y, a su alrededor, había muchos disfrazados de cazadores que disparaban al culebrón con gran estrépito.

La canción (la carroza iba provista de altavoces) explicaba el hecho, con todos sus detalles.

Hasta lo de que el culebrón se movía, porque, dentro del tubo, había una pareja de gatos enamorados o algo así.

Gelinda Beghini, de noventa y seis años, la mujer más vieja de La Palanca, después de haber visto desfilar la carroza del «Culebrón» levantó los ojos al cielo y dijo:

—Ahora, Señor, ya podéis hacer que muera, que moriré contenta.

Acción sindical

Manecchia, el nuevo campanero, lo hacía bastante bien y, cuando empezaba a tocar el carillón, la gente paraba de trabajar o de hablar y se quedaba quieta, con la nariz fija en lo alto del campanario, hasta que el concierto acababa.

Manecchia era un hombre tranquilo, que decía sólo las palabras estrictamente necesarias y, también aquella vez, fue de lo más conciso:

—Padre —comunicó a don Camilo—, diez mil liras al año es poco.

—De acuerdo —le respondió don Camilo—. Pero además de las diez mil liras de sueldo tiene también los extras.

—Sigue siendo poco con los extras —replicó Manecchia.

Don Camilo se encogió de hombros:

—Yo no puedo darte más. Ya ves cómo vivo.

—Lo sé y no le pido nada a usted. Sólo le quería informar que me gustaría hablar con los del ayuntamiento.

—Ve, si quieres, Manecchia. Estás en tu derecho.

Manecchia se fue decidido al ayuntamiento e hizo que lo recibiera Peppone.

—Señor alcalde —empezó Manecchia en cuanto estuvo delante de la mesa de Peppone—, diez mil liras al año es poco.

—Es poco —respondió Peppone, que se esperaba por dónde iba a salir y estaba preparado—, pero no dejan de ser diez mil liras regaladas.

—Yo me gano mi sueldo —precisó Manecchia—. El mío es un trabajo como otro cualquiera.

—¡Vaya! —exclamó, riéndose, Peppone—. Un gran trabajo tocar una campana a mediodía.

—Yo no toco las campanas sólo a mediodía —protestó Manecchia.

—De todos tus repiques —contestó duramente Peppone—, el único que me puede interesar como alcalde y como ciudadano es el que tocas a mediodía. A todos, indistintamente, les interesa saber que es mediodía. Tus otras campanadas sólo interesan al cura y a la exigua minoría de los clericales.

—Además de tocar las campanas tengo que dar cuerda y conservar los relojes —dijo Manecchia.

—Los relojes no —precisó Peppone—; será el reloj del campanario. Del reloj del ayuntamiento nos encargamos nosotros.

—Porque quieren encargarse. Yo, cada ocho días, me presento aquí sin falta para dar cuerda a su reloj y para limpiarlo, y siempre me dicen que no hace falta. Que ya está hecho.

—¡Natural! —se rió Peppone—. No queremos espías del cura en nuestra casa.

—Yo no soy espía, sino campanero. Y el sueldo que me dan como campanero es poco.

—El ayuntamiento hasta te da demasiado. Si no te basta, que te lo aumente el cura.

Manecchia se marchó.

Esto pasaba a las diez de la mañana del lunes.

A las doce del mediodía del mismo lunes, la campana no sonó.

Don Camilo oyó los doce tañidos del viejo péndulo del cuarto de estar, pero esperó en vano que fueran confirmados por el campanario.

Controló la hora en el voluminoso Roskoff que llevaba en el bolsillo del chaleco, y comprobó que eran las doce pasadas.

Entonces se asomó a la ventana que daba a la iglesia y llamó en voz alta a Manecchia.

Manecchia apareció inmediatamente.

—¿Qué pasa? —gritó don Camilo—. ¿Qué esperas para tocar las doce?

—Espero que sea mediodía —explicó Manecchia, indicando el reloj del campanario.

Don Camilo miró hacia arriba y vio que el reloj del campanario marcaba las diez y quince minutos.

—Cuando el reloj marque las doce, tocaré el mediodía —explicó Manecchia.

Don Camilo se quedó extrañado.

—Manecchia —balbuceó al fin—, ¿no te has dado cuenta que se ha parado el reloj?

—Claro —contestó el campanero—. Lo he parado yo.

—¿Y eso por qué?

—El alcalde no me ha concedido el aumento y por eso hago huelga.

Don Camilo perdió la calma y, alejándose de la ventana, salió afuera.

—¡Manecchia! —vociferó, agarrando al campanero por la solapa—. Ve a poner como Dios manda el reloj. Aquí estas payasadas no se hacen.

Manecchia se quedó impertérrito.

—Muy bonito —comentó—. El párroco ayuda al alcalde comunista a robar a un pobre diablo.

—Yo no ayudo a nadie —replicó don Camilo.

—Entonces déjeme libre para defender mis derechos.

Don Camilo soltó la solapa de Manecchia.

—Está bien —murmuró—. De todos modos, podías dejar que el reloj ande, porque, aunque éste no funcione, el reloj del ayuntamiento sigue funcionando.

—El reloj del ayuntamiento está estropeado, padre.

—¿Estropeado, desde cuándo?

—Desde las diez y siete de esta mañana. Desde que yo, antes de salir del consistorio, he ido a sacarle tres engranajes que he puesto en un sitio que yo solo sé.

—Es su problema —murmuró don Camilo—. Arréglenselas ustedes.

Al atardecer don Camilo se encontró «por casualidad» con Peppone.

—Señor alcalde —le dijo sonriendo—, ¿qué le parece esta huelga general de los trabajadores del badajo?

—¿Y qué le parece a usted, señor párroco? Si no me equivoco, se trata de un colectivo que depende directamente de usted.

—Se equivoca, señor alcalde. Y tanto es así que el sueldo se lo paga el ayuntamiento. Y es un sueldo más bien exiguo.

—Hasta demasiado grande por la utilidad que rinde ese desgraciado. ¿Sabe qué le digo? Que sin el maldito estruendo de las campanas, se está la mar de bien.

—Cómo le entiendo, señor alcalde. Dan un poco de melancolía los relojes parados. Y el hecho de no oír los acostumbrados repiques del mediodía hacen entrar aún más melancolía.

Peppone se encogió de hombros:

—Yo ni me he dado cuenta. Pero si esto le molesta, ¿por qué no tira usted de la cuerda de la campana, al mediodía?

Don Camilo alzó las manos al cielo:

—Yo nunca me atrevería a obstaculizar las justas reivindicaciones de un trabajador explotado. Ante una sagrada huelga sindical, yo me inclino.

—Señor cura —exclamó—, esta payasada de su compañero, de sindical sólo tiene que se trata de una miserable maniobra organizada contra el síndico.

Se encasquetó el sombrero y, dando media vuelta, empezó a andar. Al cabo de tres pasos se volvió:

—Que quede bien claro que la responsabilidad de esta tontería recaerá toda sobre usted, padre.

—No sobre mí, sino sobre quien le ha negado a ese pobrecillo el aumento de sueldo.

Don Camilo no se equivocaba: la huelga del campanero fue aprovechada como agua en mayo por la gente del pueblo y, a la mañana siguiente, se encontraron pegados en las paredes de la plaza unos carteles que decían cosas de este género:

«Ciudadanos: Apoyad las justas reivindicaciones de los trabajadores del badajo explotados por la administración comunista!...»

«Camaradas: ¡Aunque hayáis hecho parar los relojes, la hora de pasar cuentas llegará igualmente para vosotros!...»

«Peppone: ¿Tanto te molestaba la campana porque hacía DIN-DAN-DON-GO?...»

Aparentemente Peppone y sus camaradas se tomaron la cosa muy a la ligera. Pero la verdad es que los molestó.

Y los molestó aún más cuando, a las once y cincuenta minutos del mismo martes, la plaza se vio atestada de gente que miraba el reloj de la torre, en espera que sonaran las doce del mediodía. A sabiendas, naturalmente, de que las campanas no iban a sonar.

La mañana del miércoles, Peppone se levantó de la cama animado de fieros propósitos, y, a las once y media, al ver que la plaza se iba poblando de gente, salió a toda carrera del edificio del ayuntamiento y, seguido por *el Flaco,* se dirigió a la rectoría.

Llegado allí, llamó y salió a abrirle el mismo don Camilo en persona.

—¡El campanero! —bramó Peppone.

—Yo no soy —respondió sonriendo don Camilo—. Yo soy el párraco. El campanero vive en esa puertecita de ahí a la derecha.

—Ya lo sé, pero no lo quiero ver para no perder la

calma. Vaya a decirle que pare porque la broma ya ha durado bastante.

—Será servido, señor alcalde —respondió don Camilo.

Manecchia salía adelante haciendo de zapatero remendón y tenía su cuchitril en una casucha adosada a la rectoría.

Don Camilo se fue al campanero con la embajada, liquidando el asunto en pocos minutos.

—Señor alcalde —explicó a su regreso—. He comunicado su encargo con las palabras exactas. Manecchia me ha contestado que lo suyo no es ninguna broma, sino una regular acción sindical. Volverá a reemprender su actividad cuando se le otorgue el aumento pedido.

Peppone apretó los puños y estaba a punto de contestar cuando, en aquel instante, *el Flaco* le enseñó el reloj.

Faltaba un minuto para el mediodía.

Peppone saltó: alcanzó a grandes zancadas la puertecita del campanario y entró.

Después agarró la primera cuerda que se encontró entre las manos y tocó a su manera las doce del mediodía.

No debería de hacerlo tan mal porque, cuando salió del campanario, la gente que, mientras tanto, se había reunido delante de la iglesia lo miró con cierto respeto.

Mas en la puerta de su cuchitril estaba Manecchia.

—¡Esquirol! —gritó Manecchia.

Ayudado por su estado mayor, que en seguida lo había rodeado, Peppone consiguió dominarse y Manecchia se salvó.

La gente agrupada delante de la iglesia tenía unas ganas locas de reírse socarronamente, pero antes de ponerse a reír esperaron prudentemente que Peppone se hubiera ido.

Pero pudieron reírse poco, porque al cabo de unos diez minutos reapareció *el Flaco* acompañado por un joven de Molinetto.

—Señor párroco —explicó con voz autoritaria *el Flaco*—, como el reloj del campanario es un servicio público, el señor alcalde ha dispuesto que este joven ponga a la hora el reloj y toque las campanadas del mediodía.

Don Camilo se encogió de hombros.

—El campanario está ahí —contestó—. *Fate vobis*. Yo no quiero inmiscuirme en cuestiones sindicales.

El Flaco se echó la visera de la gorra a la izquierda y concretó:

—Esto no es una cuestión sindical, señor párroco. Esto es un ejemplo típico de «huelga política». O sea, organizada con la única y exclusiva finalidad de especulación política.

—Eso será, joven —replicó tranquilo don Camilo—. Yo no entiendo de estas cosas. No actúo de agitador sindical ni de agitador político.

El Flaco se rió con sorna.

—Su actividad nos es sobradamente conocida —dijo—. Y sobradamente conocidas sus iniciativas. De todos modos, tenga presente que el golpe del campanero le ha salido mal.

Se volvió hacia el joven de Molinetto y le indicó la puerta de la torre.

—Sube arriba y pon el reloj a la hora: ya te gritaré yo la hora exacta.

Se sacó el reloj, mas en seguida tuvo que volver a guardárselo porque el joven de Molinetto no lograba abrir la puerta de la torre.

—Está cerrada con cerrojo por dentro —murmuró.

El Flaco se volvió a don Camilo:

—Padre, ¿me equivoco o hay una puerta entre la sacristía y el campanario?

—No te equivocas.

—¿Podría ahorrarme el tener que echar la puerta abajo enviando a alguien a descorrer el cerrojo?

—Con sumo gusto —respondió don Camilo, llamando a un chiquillo.

Al cabo de pocos minutos, la puertecita se abrió y el joven de Molinetto entró en la torre. Luego volvió a salir y parloteó excitadamente con *el Flaco.*

El Flaco fue a hacer una inspección ocular del otro lado de la puertecita.

Reapareció con una sonrisa sarcástica en los labios.

—Padre —dijo—, algún gracioso se ha divertido dedicándose a llevarse arriba la escalera portátil y cerrando el escotillón del primer tramo. ¿Tiene idea de quién puede haber sido?

Don Camilo no tuvo necesidad de contestar, porque en aquel momento toda la gente se había puesto a mirar hacia arriba gritando.

A una de las aberturas de lo alto del campanario estaba asomado Manecchia.

Y Manecchia, empleando las manos de altavoz, explicó desde arriba la situación:

—Ahora estoy aquí yo. Y mientras yo esté aquí, no se van a tocar ni el reloj ni las campanas.

Efectivamente, parecía que Manecchia tenía razón, puesto que, después de haberse llevado para arriba todas las escaleras portátiles y cerrado todos los escotillones de todos los tramos, había desatado las cuerdas de todas las campanas.

El Flaco miró con odio a don Camilo, pero éste, sin descomponerse en lo más mínimo, dijo:

—Querido hijo —explicó don Camilo—, no he sido precisamente yo quien ha enseñado a los huelguistas la ocupación de las fábricas.

—¡Seguro que usted no! —exclamó *el Flaco*—. ¡Usted ha enseñado a los industriales explotadores el empleo de las camionetas de la policía antidisturbios!

—Hijo —explicó con dulzura don Camilo—, escúchame un momento: en un caso como éste, por ejemplo, ¿cómo se puede hacer bajar a ese chalado del campanario si no se recurre a la policía o al comandante de puesto de los *carabinieri*?

—¡Tenemos otros medios más democráticos, señor arcipreste!

El Flaco y su socio se fueron y la gente se quedó en la plaza disfrutando del espectáculo.

Pero Manecchia, hecha su comunicación, se retiró y no se dejó volver a ver. Lo llamaron mas no respondió. Era un hombre serio, no le gustaban las payasadas.

El jueves por la mañana Peppone salió de casa con un sombrío presentimiento. Y pronto se dio cuenta de que sus preocupaciones no carecían de fundamento. Durante la noche, los filibusteros de siempre habían embadurnado de pasquines y escritos las paredes de más de medio pueblo:

«Ciudadanos: Traicionados vilmente por los esquiroles rojos, los trabajadores del badajo se han replegado hasta la última trinchera dispuestos a defender a ultranza su pan y su libertad...»

«Ciudadanos: Apoyad la heroica resistencia de los trabajadores asediados. Entregad al Comité de Resistencia del Campanario vuestras ofrendas...»

«Ciudadanos: Todos en la plaza esta mañana a las diez y treinta y cinco para el primer "lanzamiento"...»

Peppone no fue a la plaza. Fue *el Flaco* y asistió al primer «lanzamiento» de víveres y de artículos de primera necesidad.

Durante la noche, el «Comité para la Resistencia del Campanario» había estado muy ocupado: Manecchia había echado abajo una de las cuerdas de las campanas y con esa cuerda había podido izar el primer elemento de la «máquina para los lanzamientos».

El otro elemento había sido fijado en el alféizar de la ventana del desván de la casa de Manecchia. Se trataba, muy simplemente, de dos poleas unidas por un fuerte cordel: uno de esos artilugios que suelen utilizar los de ciudad para tender la ropa de una pared del patio a la otra.

El «teleférico» que unía lo alto de la torre del campanario con la casa de Manecchia había sido instalado durante la noche. Y a las diez y media de la mañana siguiente comenzó puntualmente a funcionar.

La gente seguía el aéreo viaje de cada paquete con gritos de entusiasmo.

Salchichones, botellas de vino, barretas de pan, puros, mantas de lana.

—¡Por poco subo hasta yo! —gritó de repente la mujer de Manecchia, que, desde la buhardilla de su casa, presenciaba las operaciones de «lanzamiento».

La fiesta duró hasta el mediodía y Manecchia, al final, dio las gracias agitando el pañuelo al aire.

Después se retiró dignamente.

A las cuatro en punto de la tarde el pueblo se estremeció: el reloj del campanario había dado una campanada.

A aquella primera campanada le siguieron otras once e, inmediatamente después de la duodécima, las campanas del mediodía se pusieron a sonar alegremente.

El reloj ahora funcionaba y a las cuatro de la tarde marcaba las doce en punto. A las cinco, el reloj dio dos campanadas.

A las diez de la noche el reloj dio seis campanadas enteras y una pequeña para la media.

Luego, carillón de campanas con ejecución de *Reinecita campestre.*

A las dos de la misma noche, once campanadas dio el reloj, y luego carillón de campanas con ejecución de *No puedo ya dormir / ni tampoco reposar / las mujeres son unos diablos...*

Luego descanso.

El primero de los habitantes del pueblo que salió de

su casa por la mañana del viernes miró el reloj y vio que marcaba las once. Y eran las cinco.

A las ocho, así pues, el reloj del campanario marcaba las doce y, sonada la última campanada, se oyeron las campanas del mediodía.

A continuación, carillón de campanas con ejecución especial de *El silencio militar* (fuera de programa), seguido por *Ha llegado el embajador*.

A la una de la tarde, con imprevista decisión, las agujas del reloj de la torre se pusieron a correr. Al llegar las dos a las doce se pararon. Sonaron las doce campanadas y luego las campanas volvieron a dar alegremente el segundo anuncio del mediodía.

El singular fenómeno se repitió a las dos y veinte de la tarde.

Fue entonces cuando Peppone estalló y salió de su casa como un energúmeno, dirigiéndose casi corriendo hacia la iglesia.

Había gente, como es lógico, y en primera fila estaba don Camilo.

—Padre —gritó Peppone—, ¡si no quiere que lo eche abajo a tiros, haga callar a ese maldito borracho!

Don Camilo lo miró extrañado.

—Señor alcalde —respondió—, no está ni loco ni borracho. Él, tras ocupar la fábrica, ha reemprendido la normal actividad de producción sin el control de los técnicos. No es la primera vez que pasa un hecho de este género.

En aquel preciso instante volvieron a sonar las doce campanadas del reloj y las campanas anunciaron por cuarta vez el mediodía.

Peppone se quitó el sombrero, lo tiró al suelo y empezó a pisotearlo.

—¡Basta! ¡Basta! —gritaba—. Basta o me va a dar un ataque.

Tuvo que esperar que acabara el repique.

Entonces don Camilo gritó:

—¡Manecchia! ¡El señor alcalde quiere hablarte!

Manecchia se asomó y la gente hizo silencio.

—Ya está, señor alcalde —dijo don Camilo—. Las maestranzas le escuchan. Puede hablar.

—¡Háblele usted! —bramó Peppone—. Si hablo yo, le voy a gritar que es un hi...

—No vale la pena, señor alcalde —lo interrumpió don Camilo—. Ya le hablaré yo.

Se dirigió hacia lo alto del campanario:

—Manecchia, el señor alcalde está dispuesto a venir hacia ti.

—Que se quede donde está —contestó Manecchia—. A mí me basta con que me dé lo que he pedido.

Don Camilo se volvió a Peppone.

—Conforme. ¡Que Dios haga que un rayo lo parta! —rugió Peppone.

—Manecchia —gritó don Camilo—. El señor alcalde está de acuerdo.

—¡Lo que canta son los papeles! —respondió Manecchia.

A Peppone le estaba chorreando la cara de sudor. Se mordió la boca y dijo bufando:

—Sí.

Don Camilo le alargó papel y pluma y Peppone con mano temblorosa escribió:

«Me comprometo a hacer subir el sueldo del campanero Adelmo Manecchia de diez mil a quince mil liras anuales, a partir de mañana, 1 de marzo.

Firmado: El Alcalde
GIUSEPPE BOTTAZZI.»

Don Camilo cogió la hoja, la secó, la dobló en cuatro y la puso en un hermoso sobre amarillo, que entregó seguidamente a un chico.

—Llévalo arriba y que lo transmitan en seguida.

No se sabía por qué, pero la gente había dejado de

hablar. Todos estaban callados, casi conteniendo la respiración y miraban fijamente la doble cuerdecita que unía la buhardilla de la casa de Manecchia con lo alto del campanario.

La cuerda pegó un brinco, luego lentamente empezó a correr: la cuerdecita de encima hacia arriba y la de abajo hacia abajo.

Por encima del canalón brilló de repente al sol algo dorado. Era el sobre colgado de la cuerda con dos pinzas de tender la ropa.

Cuando el sobre hubo llegado a mitad del recorrido resonó, sin saber por qué, una gran ovación.

Un aplauso que acompañó al sobre hasta llegar a manos del campanero.

Manecchia desapareció con el sobre amarillo, pero, un segundo más tarde, llegó su respuesta: las campanas empezaron a tocar las notas de *El himno al Piave*.

Entonces el aplauso fue aún más frenético. Y cuando una voz gritó « ¡Viva el alcalde! », la muchedumbre respondió: « ¡Viva! »

Peppone saludó agitando el sombrero, pero luego, como se sentía cohibido, optó por marcharse.

Durante el camino se paró un instante y comunicó al *Flaco*, solemnemente:

—Recuérdalo bien, camarada: ¡la patria es el opio de los pueblos!

—¡Bien dicho, jefe! —aprobó *el Flaco*.

Después reemprendieron la fuga victoriosa.

Malvasía

—Giocondo, ¿se podría obtener una botella de aquella malvasía especial?

Hacía ya años que se repetía la misma canción al menos tres o cuatro veces por semana, pero parecía que la gente, en lugar de aburrirse, encontraba cada vez más divertida la broma.

Si uno quiere ser tabernero, tiene que saber tener paciencia, y Giocondo sabía ejercer muy bien su oficio; aun así, cada vez que tenía que tragarse la burla, le costaba mucho dominarse.

En realidad contestaba ofreciendo otros tipos de blanco dulce, pero en el mismo tono que habría empleado para decir: « ¡Ve a que te ahorquen! »

Naturalmente, el desgraciado de turno solía escoger con infernal habilidad el momento psicológico más adecuado, y soltaba la cuchufleta cuando la hostería estaba atestada de gente para tener que gritar para que lo pudieran oír Giocondo y todos los demás.

—Giocondo, ¿se podría tener una botella de aquella malvasía especial?

La historia de la «malvasía especial» había comenzado por 1908, cuando Giocondo tenía dos o tres años y el que llevaba la taberna era su padre, Amilcare Bessa.

Hijo, a su vez, de tabernero, Amilcare era un mago para la bodega. Trabajaba honradamente al estilo de antaño, sin emplear porquerías químicas y, para las mezclas, tenía el toque del artista.

Pero la verdadera pasión de Amilcare Bessa era la viña.

Sentía que Nuestro Señor lo había criado para ser viticultor; pero desgraciadamente tampoco Rafael, que había nacido, sin lugar a dudas, para ser pintor, no habría hecho nada bueno, en pintura, si se le hubiera negado la posibilidad de disponer de una tela, un pincel y colores.

Amilcare Bessa, nacido para ser viticultor, no poseía más que la casa en la que vivía y en la que tenía la taberna y la bodega.

Continuó, pues, con el oficio del padre, contentándose con pisar la uva producida por otros. Sin embargo, no abandonó nunca la idea de convertirse en viticultor y, al cabo de años y años de paciente espera, logró realizar su sueño. Es decir, consiguió comprar el huerto de su vecino y transformar el huerto en viña.

Una viña simbólica más bien porque no había más que un palmo de tierra. Pero a Amilcare le bastaba.

Tanto es así que, al cabo de unos cuantos años, pudo pisar *su* propia uva. Y suya no porque estuviera producida por su viña, sino porque uva de aquella calidad no la tenía nadie.

La producción total del primer año fue de veinte botellas: Amilcare Bessa las puso en el sitio mejor de la bodega y esperó confiado.

El día en que decidió destapar una de sus botellas, Amilcare casi tenía fiebre de lo excitado que estaba.

Estaba solo en la bodega, y, antes de llevarse el vaso a los labios, vaciló bastante.

Mas, en cuanto hubo degustado un sorbito de su vino, se apresuró a obrar sin dilación: salió corriendo de la bodega, enganchó el caballo al tílburi y marchó disparado.

Al llegar a Castellino, se fue a llamar a la puerta del notario Barozzi, y en cuanto apareció el viejo notario, Amilcare le dijo simplemente:

—¡Póngase el sombrero y venga conmigo!

Barozzi, al ver a Amilcare tan exaltado, comprendió

que tenía que haber sucedido algo gordo y no opuso ninguna objeción.

No abrió boca en todo el viaje. Se dejó llevar a donde Amilcare Bessa quiso; así, se encontró al cabo de media hora en la bodega de la taberna y sólo entonces fue cuando el viejo notario habló:

—¿Se puede saber de qué se trata?

—Necesito que me dé su parecer.

—¿Sobre qué?

—Sobre mi malvasía.

El notario hizo una mueca con la cara.

—¡Malvasía! —exclamó con asco—. ¡Bebida de jovencitas!

Bessa se fue a buscar algo a un rincón de la bodega y volvió con una botella. La destapó, tiró unas gotas al suelo y, escanciados dos dedos de vino en un vaso, se lo tendió al notario.

Éste se volvió hacia la puerta abierta, miró el vino a contraluz y luego, llevándose el vaso a los labios, bebió un sorbito.

Saboreó un ratito el sorbo entre la lengua y el paladar, meditando a continuación bien el asunto.

Probó otro sorbo, más abundante, para confirmar.

Luego devolvió el vaso vacío a Amilcare y decretó:

—Es un vino de reyes.

El notario Barozzi, hombre hosco pero de gran corazón, en asunto de vinos era la intransigencia personificada.

«Tengo el valor de confesarlo —solía afirmar—: aunque de un juicio mío positivo dependiera mi vida o la de otra persona, jamás podría admitir que un vino mediocre sea bueno. Se puede llamar pan a la polenta (1) o polenta al pan, pero se tiene que llamar vino al vino.»

Y el notario Barozzi había dicho que el vino de Amilcare era un vino de reyes.

(1) Polenta: plato italiano a base de harina de maíz cocida en agua. (*N. de la t.*)

Pasaron unos instantes antes de que Amilcare pudiera recuperarse; por fin consiguió preguntar:

—¿Cuánto le debo por la molestia?

—Una copa de tu malvasía —contestó el notario Barozzi.

Amilcare pensó y repensó mucho en lo que le había dicho el notario Barozzi. Por eso, un buen día llegó a formularse un razonamiento de lo más lógico: «Es vino de reyes porque lo ha dicho Barozzi. De modo que si es un vino de reyes, ¿quién se lo tiene que beber? ¿Esos pueblerinos mal criados? ¿O el primer imbécil de paso que entre en el establecimiento? Si es un vino de reyes que se lo beba el rey.»

Se fue a la ciudad a hacerse imprimir unas bonitas etiquetas que pusieran: «Malvasía del rey. Producción Amilcare Bessa.» Luego, cuando tuvo las etiquetas, las pegó en doce de las botellas que habían quedado y, colocadas las botellas en una robusta caja, las envió al rey junto con una cartita de acompañamiento que le había dictado el notario.

Naturalmente, al cabo de cierto tiempo, de la Casa Real le llegó a Amilcare Bessa una estupenda carta en la que se decía que su majestad había agradecido mucho el obsequio y que había encontrado «exquisito» el vino del señor Amilcare Bessa.

Fue un día memorable: Amilcare, tras enmarcar la carta en un suntuoso marco dorado, la colgó en el centro de una repisa, detrás de la barra, debajo de un gran retrato del rey.

El altarcito fue completado por dos ejemplares de las famosas botellas de Malvasía del Rey.

Amilcare Bessa era un hombre muy serio y estricto: «El rey —pensó— me ha otorgado un honor extraordinario y yo sería un pillo si me aprovechara de la generosidad del rey para ganar dinero. Si se llama Malvasía del Rey, se la tiene que beber sólo el rey. Naturalmente, como antes de enviar las botellas tengo que tener la seguridad de que el vino esté perfecto, el único que podrá probar la Malvasía del Rey, además del rey, seré yo.»

Limitó, pues, la producción de veinte a quince botellas: y de las quince, doce, cada año se destinaban como obsequio al rey.

Se retenían tres: una para la cata y dos para el altarcito.

De esta manera quedaban cada año dos botellas de Malvasía del Rey en la bodega de Amilcare que venían a constituir la «reserva real» que tenía que ser empleada en el caso de que una de las partidas anuales de doce botellas no resultara digna de ser enviada al rey.

Sólo en casos excepcionalísimos se destapaba alguna botella de la «reserva».

Ésta, en resumidas cuentas, vendría a ser la parte administrativa de la historia. La parte histórica es aún más expedita.

Amilcare Bessa siguió enviando puntualmente las doce botellas de Malvasía del Rey al rey, y el altarcito siguió en el centro de la repisa hasta la muerte de Amilcare Bessa.

Su hijo Giocondo pudo mantener sólo pocos meses el altarcito porque estalló la república social y no se quiso volver a oír hablar ni de reyes ni de reinas.

Fue entonces justamente cuando comenzó la broma de pedir a Giocondo una botella de «aquella malvasía especial».

Durante la república social aconteció otro grave inconveniente: durante una pesquisa en la bodega de la taberna, los alemanes descubrieron las botellas de la «reserva real» y se las echaron todas al coleto.

El viejo Amilcare, antes de morir, le había dicho al hijo:

—Giocondo, sobre todo no te olvides de las botellas del rey. No me hagas quedar mal.

Giocondo era un hombre de bien, lleno de buena voluntad, pero ¿cómo podía cumplir con el viejo?

Al acabar el follón de la guerra y de la república, cuando parecía que todo iba a volver a ser como antes, va y estalla otra república, teniéndose que ir al exilio el rey.

Se trataba de un caso de fuerza mayor y Giocondo, después de haberse atormentado durante un tiempo, se tranquilizó: «El viejo —pensó— comprenderá que no es culpa mía si el rey no recibe lo que le corresponde.»

Se sintió en paz, pero fueron los demás los que no lo dejaron en paz, volviendo a reanudar la bromita a partir del seis de junio del cuarenta y seis:

—Giocondo, ¿se podría tener una botella de aquella malvasía especial?

Hacía ya siete u ocho años que la maldita broma duraba. Y a Giocondo no le gustaba, pero tenía que tragársela.

Pero llegó la vez que Giocondo perdió la paciencia.

Aquella vez llegó el acostumbrado chascarrillo en un momento de relativa calma: faltaba una hora para cerrar y llovía a cántaros. Se habían quedado sólo cuatro en la taberna a jugar a la brisca: Peppone, *el Flaco, el Pardo* y *el Brusco.*

Giocondo, con los codos apoyados en el mármol de la barra, estaba mirándolos medio adormilado.

De repente, *el Flaco* dijo en voz alta:

—Giocondo, otra botella.

—Oye —añadió, siempre en voz alta, Peppone mientras barajaba las cartas—: para variar, ¿por qué no nos trae una buena botella de aquella famosa malvasía?

El Flaco, el Pardo y *el Brusco* soltaron la carcajada.

—¿De qué famosa malvasía habla? —contestó Giocondo, saliendo de detrás de la barra y acercándose.

Algo semejante estaba fuera de lo previsto y Peppone se quedó extrañado.

—Bueno —murmuró—: de aquella malvasía especial. ¿No tenía una malvasía especial de producción propia?

—Claro que sí —añadió *el Flaco*—: me acuerdo perfectamente que allí, encima de la repisa, había, hasta hace un tiempo, un altarcito con un cuadro, un gran retrato y dos formidables botellas de malvasía. ¿No te acuerdas, *Pardo*?

—Sí que me acuerdo —afirmó *el Pardo*—. Pero oye: ¿cómo se llamaba aquella malvasía?

—Porras, lo tengo aquí, en la punta de la lengua —exclamó *el Brusco*—. Tenía un nombre tan gracioso...

La chacota ya había durado bastante.

—No tenía ningún nombre gracioso —dijo Giocondo—. Se lo había puesto mi padre. Se llamaba Malvasía del Rey.

—¡Eso! —gritó alegremente Peppone—. Ése es el nombre que tenía. ¿Y cómo es que la empresa ya no produce aquel tipo de malvasía?

Los tres de la banda se rieron socarronamente.

—La empresa lo sigue produciendo —concretó Giocondo.

Tampoco esa respuesta era de prever y dejó extrañados a los cuatro.

—Si la empresa sigue produciendo ese tipo de malvasía —objetó *el Flaco*—, ¿cómo la llama ahora?

—Malvasía del Rey.

—¡Qué bueno! —voceó Peppone.

—¿Y a quién se la manda ahora? ¿Al Rey de Copas?

—A nadie —explicó tranquilo Giocondo—. Me la guardo. Cuando vuelva el rey, le mandaré lo atrasado.

Los cuatro se miraron y luego se echaron a reír:

—¡Esta noche Giocondo tiene ganas de bromear! O sea, que viva la alegría y celebrémoslo con una buena botella de lambrusco.

—Conforme: ahora os traigo la botella de lambrusco. Pero pensad que no tengo ganas de bromear. Ver para creer.

Giocondo se dirigió a la bodega y, tras unos instantes de vacilación, los cuatro se levantaron y lo siguieron.

Al llegar a la bodega, Giocondo se detuvo delante de

una puerta que tenía una ventanilla en la parte superior. Giocondo abrió la ventanilla y luego accionó un interruptor.

Se encendió la luz dentro de la bodega.

—Ya podéis mirar —dijo Giocondo, haciéndose a un lado.

Primero Peppone y luego los otros tres, todos miraron por el hueco y todos vieron la estantería con las botellas en las que destacaba la etiqueta: «Malvasía del Rey. Producción Amilcare Bessa & hijo.»

En el centro de la estantería estaba el altarcito famoso con los dos retratos: el del rey muerto y el del rey vivo.

—Hay la producción de nueve añadas, desde el cuarenta y cinco hasta el cincuenta y tres —explicó Giocondo—. Doce por nueve, ciento ocho botellas. Más dos botellas por año de la «reserva real».

Peppone meneó la cabeza:

—¡Y las tiene ahí!

—Las tengo ahí.

—¡Y sigue esperando!

—Y ustedes —replicó Giocondo—, ¿no hacen acaso lo mismo? Ahora no pueden hacer la revolución proletaria, pero ¿han renunciado a la revolución proletaria? Yo lo preparo todo para cuando llegue el rey. Si viene primero la revolución proletaria, el vino del rey se lo beberán ustedes como se lo bebieron aquellos otros. Si viene antes el rey, su vino se lo beberá él.

—Moraleja —exclamó Peppone—: tanto en un caso como en el otro el que se queda sin vino es usted.

—Una cosa es dar espontáneamente una cosa y otra es que te la quiten —puntualizó Giocondo—. De todos modos, que cada uno se quede con sus ideas y respete las de los demás. Yo soy un buen demócrata.

—Que sea un buen demócrata, con todas esas ideas que tiene en la cabeza, eso está por ver —afirmó Peppone—. Lo que sí es cierto es que es un mal tabernero. Si fuera un tabernero como es debido, cambiaría su vino de nombre y lo pondría a la venta. El buen tabernero pone su mejor vino a disposición de los clientes, no de sus nostalgias políticas.

—¿Y cómo lo tendría que llamar? —se informó Giocondo.

—En lugar de Malvasía del Rey póngale Malvasía del Presidente, y todo en regla.

Giocondo meneó la cabeza:

—El presidente de la república no necesita mi vino; hasta tiene demasiado del suyo. Y además el doctor Barozzi, al probar el vino, no le dijo a mi padre: «Es un vino de presidente.» Le dijo: «Es un vino de reyes.»

Peppone se rió meneando la cabeza. Luego se informó:

—Giocondo, ¿entre las botellas de la «reserva real» no habrá alguna, por casualidad, llena de vino de alcalde?

—No —explicó Giocondo—, todo es vino de reyes. Ya lo ve: está escrito en la etiqueta.

—¡Alto! —gritó *el Flaco*—. «Reserva real», primera fila, tercera botella a la izquierda: ¡falta la etiqueta!

Efectivamente, la etiqueta se había despegado y se había perdido por algún lado. Giocondo lo verificó mirando por la mirilla y luego dijo:

—La esencia sigue siendo, sin embargo, siempre la misma, con etiqueta o sin ella; se podría incluso beber, pero sólo a la salud del rey.

Peppone volvió la espalda y se dirigió hacia la salida.

—¡Cuesta demasiado! —gritó—. No es para los pobres proletarios.

Volvió con los demás a la mesa y se puso a jugar de nuevo.

Giocondo, al cabo de unos diez minutos, se les acercó:

—¿Entonces, traigo la botella de lambrusco?

—No —contestó hosco Peppone—. Traiga la malvasía. Pagaremos lo que se tenga que pagar. Es destino que el proletario sea siempre la víctima de los usureros.

Giocondo se marchó y volvió al cabo de poco rato con

cinco copas especiales, de esas de fino cristal, y las puso encima de una bandeja de latón brillante.

Después trajo la botella, que destapó explicando:

—Reserva real, cosecha 1945.

Vertió dos dedos de vino en cada una de las cinco copas.

—A la salud del rey —dijo levantando la copa.

—Salud... —murmuraron los otros cuatro haciendo apenas el ademán de levantar sus copas.

Bebieron un sorbito. Después lo cataron, se lo pensaron y bebieron otro sorbito para asegurarse.

Después Peppone puso la copa en la bandeja y decretó:

—Es un vino de reyes.

—Con todo el respeto y devoción que tengo por la república —dijo depositando su copa *el Flaco*—, soy de la misma opinión que el jefe.

—Ídem —murmuraron *el Pardo* y *el Brusco*.

Peppone se llenó la copa y llenó las de los demás.

—La idea es la idea —sentenció con voz solemne—, y no hay que doblegarse ni ante las siete maravillas del mundo; pero hay que tener el valor y la honradez de inclinarse ante la evidencia de la Némesis histórica. ¡Si estuviera aquí el mismísimo Giuseppe Mazzini reconocería francamente que éste es un vino de reyes!

—¡Bien dicho, jefe! —aprobó la cuadrilla.

Giocondo no dijo nada porque estaba emocionado. Aunque, inmerso en aquel ardiente ambiente del *Risorgimento*, se fue corriendo a la bodega y volvió con otra botella de la «reserva real».

Una botella con su hermosa etiqueta.

Fuera llovía a cántaros.

Giocondo cerró la puerta de la barraca para dar mayores facilidades a Peppone y al público restante para inclinarse ante la evidencia de la Némesis histórica de la segunda y, a lo mejor, de la tercera botella de Malvasía del Rey.

El atentado

El Flaco se había parado allí, en el paso a nivel de la Carretera Retorcida, porque justo allí es donde había encontrado a la Anita que venía en bicicleta del pueblo.

No se trataba de cuestiones políticas: La Anita era una antigua conocida de juventud, y *el Flaco* había estado un par de veces a punto de casarse con ella. Sin embargo, se había casado con la Morita; a pesar de ello, cuando se encontraba con la Anita, que aún seguía soltera, le gustaba charlar un rato con ella.

A la Anita tampoco le disgustaba, aunque sólo fuera por despecho a la Morita; y así, aquella noche había pasado como las otras veces, y al cabo de una media hora de haberse encontrado, aún seguían los dos riéndose y jugueteando en la oscuridad.

El Flaco se había apoyado en el poste de la izquierda del paso a nivel; mejor hubiera sido que se hubiera apoyado en el poste de la derecha; o sea, el que sostenía la barrera de hierro con el contrapeso.

Porque, en lo mejor de la fiesta, desde la estación del pueblo habían estirado el cable de acero que permitía bajar, a distancia, la barrera, y el *Flaco* había recibido tal estacazo en la cabeza que lo hizo caer al suelo derrumbado como un muerto.

La Anita, después de haber intentado en vano hacerle volver en sí mojándole la cara y la cabeza con agua de la acequia, se había asustado y, montándose en la bicicleta, había optado por largarse.

Lo que más le importaba era no ser sorprendida allí,

de noche, junto a un hombre que, además de estar casado, parecía muerto.

En realidad, *el Flaco* no estaba muerto: el trancazo le había pegado en la cabeza de refilón y el golpazo más fuerte había sido en el hombro. Tardó tiempo en despabilarse, pero se despabiló.

Mientras tanto ya había pasado el tren y la barrera se había vuelto a levantar.

El lugar seguía estando desierto y en silencio, lleno de sombras y de misterio, como en las novelas escalofriantes.

El Flaco se levantó a duras penas y, una vez recuperada la moto, cogió y se fue para el pueblo.

En cuanto estuvo dentro de la cooperativa, se dejó caer en una silla.

Tenía la cara llena de sangre y un enorme chichón en el lado derecho del coco. Todos se apresuraron a rodearle: Peppone le echó una copita de orujo a la cabeza y un gran vaso de orujo al gaznate; *el Flaco*, al sentirse arder por todas partes, recobró el conocimiento.

Entonces Peppone, ayudado por *el Pardo*, lo remolcó hasta el despacho, fuera de miradas indiscretas y, cerrando la puerta con llave, le preguntó:

—¿Quién ha sido?

—No lo sé —farfulló *el Flaco*.

—¿Cuándo ha pasado?

—Hace veinte minutos, creo. Perdí el conocimiento.

—¿Dónde ha pasado?

—En el paso a nivel de la Carretera Retorcida. Yo estaba charlando; el estacazo me ha venido por detrás y no he podido ver.

Peppone agarró al *Flaco* por la solapa:

—¡*Flaco*, habla! ¿Con quién estabas hablando?

—Con uno de Molinetto...

—Habla o te hago otro chichón en la cabeza, más gordo que el que ya tienes. ¿Quién es ese tipo de Molinetto que te ha sacudido?

El Flaco protestó con todas sus fuerzas:

—No, jefe. No ha sido él. No podía. Estábamos abrazados muy apretados...

Peppone miró al *Pardo*. Después volvió a agarrar por la solapa al *Flaco*.

—¿Cómo se llama ese tipo de Molinetto con el que estabas abrazado tan apretado?

—Anita —susurró tristemente *el Flaco*.

—Entiendo —dijo Peppone—. Eres siempre igual de imbécil. Pero esta vez, *el Rizado* no se libra.

El Rizado era el hermano mayor de la Anita, uno que veía a los «rojos» como humo en los ojos. Cuando la Anita iba con *el Flaco*, había sido *el Rizado* quien les había hecho romper las relaciones. Y más de una vez había dicho en público que, si su hermana se volvía a parar con cierta gentuza, iba a haber cabezas descalabradas.

—Ven —mascculló sombrío Peppone, dirigiéndose al *Pardo*—. Hay que ir inmediatamente a ajustarle las cuentas.

—Jefe —resolló *el Flaco*—, no me metas en líos.

—No te preocupes: del *Rizado* nos vamos a ocupar nosotros.

—Y de mi mujer, ¿quién se va a ocupar, luego, si se arma un escándalo?

—Apáñatelas: así aprenderás a no hacer el cretino con las chicas.

El Rizado estaba jugando tranquilamente a cartas en la taberna de Molinetto. Peppone le hizo decir por medio del tabernero que saliera un momentito para un asunto urgente. Lo buscaban dos tratantes de ganado.

El Rizado salió sin sospechar nada.

Al ver *el Rizado* de qué clase de tratantes de ganado se trataba, apretó los dientes.

—¿Bien? —preguntó—. ¿Qué clase de bromas son ésas?

—No se trata de ningua broma —contestó hosco Peppone—. Creo que pronto te vas a dar cuenta. Ven tranquilo con nosotros sin hacerte el chulo, porque cuanto más resuelles peor va a ser para ti.

El Pardo se quedó para vigilar y Peppone y *el Rizado* torcieron por un camino de carros.

—Joven —explicó amenazador Peppone, cuando estuvieron lo bastante alejados—. Hace años que vienes provocando y nadie ha hecho caso. Mientras se ha tratado de palabras lo he dejado correr. Pero ahora, que has pasado de las palabras a los hechos, el asunto cambia.

El Rizado estaba sinceramente extrañado.

—Peppone —exclamó—. Hace al menos un año que no te nombro ni a ti ni a tus socios, ni en público ni en privado. ¿Qué historia me andas contando?

—Una historia que ha pasado hace media hora, cerca del paso a nivel de la Carretera Retorcida.

—¿Y qué tengo yo que ver con esa historia? Cincuenta personas pueden atestiguar que hace dos horas que estoy ahí en la taberna, clavado a la mesa.

—Pues si has estado ahí desde hace dos horas, ¿quién es el que le ha pegado un trancazo en la cabeza al *Flaco*, hace media hora?

Al oír hablar del *Flaco* al *Rizado* le entró un ataque de rabia:

—¿Y a mí qué me importa ese mamarracho chupado? ¿Qué tengo yo que ver si le han sacudido un trancazo en la cabeza?

—Tienes que ver, *Rizado* —explicó Peppone—. Tienes que ver porque *el Flaco* estaba parado de cháchara con tu hermana.

El Rizado dio un salto.

—¿Parado con mi hermana? —gritó—. ¡Esta noche le parto la cabeza!

Peppone le clavó la garra en un hombro:

—Tú no vas a partir nada, tunante. Y menos aún si piensas que yo estoy aquí para partirte a ti la cabeza.

—Peppone —gritó, babeando, *el Rizado*—. Has venido a cometer una canallada, de acuerdo. Pero entonces no andes buscando excusas estúpidas. Yo hace dos horas que estoy jugando a las cartas y no me he movido ni un minuto de la mesa.

Peppone se quedó más bien desconcertado por la seguridad del joven.

—Y si no has sido tú —masculló—, ¿quién puede, pues, haberle pegado al *Flaco*?

—Todos pueden haberle pegado, porque es un tipo tan desgraciado que se hace odioso a todos los que lo conocen.

—No es verdad: *el Flaco* tiene cualidades.

—¡Que se guarde sus cualidades para su mujer y no para mi hermana! —gritó *el Rizado*—. Se aprovecha porque está respaldado por ti y toda tu cuadrilla. Pero un día me caerá a tiro.

—¿No te ha caído ya hace media hora a tiro? —insinuó Peppone.

—¡No! ¡Y lo siento! —gritó *el Rizado*.

Peppone se sintió desarmado ante aquel grito que salía del alma. Llamó al *Pardo*.

—Vete a la taberna y mira si hay alguno de los nuestros. Llámalo aparte y que te diga cuánto rato hace que éste estaba en la taberna.

El Pardo partió con su misión y regresó al cabo de pocos minutos.

—Hace dos horas que estaba ahí —explicó—. Noticia comprobada.

Peppone abrió los brazos:

—*Rizado*, siento de veras que no hayas sido tú quien ha golpeado al *Flaco*.

—¡Figúrate lo que lo siento yo! —respondió resentido *el Rizado*.

—Hay que investigar por otro lado —masculló Peppone—. Vamos a ver, *Rizado*: ¿con quién tiene relaciones ahora tu hermana?

—¡Con todos los que no debiera! —bramó el joven—. Pero esta noche le voy a retorcer el pescuezo.

El Rizado se alejó furioso y Peppone dejó que se marchara.

De regreso a la base, se encontraron al *Flaco* que se había emborrachado con *grappa*. Peppone lo levantó y lo arrastró fuera de la expendeduría.

—Monta en la bicicleta y síguenos —ordenó Peppone, saltando al sillín.

Al cabo de diez minutos estaban los tres en el maldito paso a nivel. Dejaron las bicicletas junto a la orilla del canal.

—*Flaco* —dijo Peppone—, colócate en la posición exacta en que estabas cuando te han dado el trancazo.

El Flaco se fue a apoyar en el poste de la izquierda y Peppone se lo quedó mirando un momentito. Luego se dirigió al *Pardo*:

—Mira de bajar la barrera despacio.

El Pardo se fue a levantar el contrapeso de hierro fundido y la barrera blanca y roja bajó.

—¡Alto! —ordenó Peppone cuando la barrera llegó a cuatro dedos del coco del *Flaco*.

Después se dirigió a él:

—Ahora gírate del otro lado. Así: estáte quieto. Tú, *Pardo*, sigue, pero con más energía.

Al cabo de un segundo se oyó un grito: era *el Flaco*, que acababa de recibir otro trancazo en la cabeza, pero en el otro lado del de antes.

—¿Has entendido ahora lo que ha pasado? —le preguntó Peppone.

Nadie había visto lo que había pasado en el paso a nivel. Nadie había oído ni una palabra de lo que se había dicho en el paso a nivel.

Pero, a la mañana siguiente, en el tablón de la rectoría había un dibujo que representaba un paso a nivel: en el lugar de la barrera el dibujante había puesto un largo y nudoso bastón. El texto rezaba:

«Protestamos contra las intemperancias nocturnas del paso a nivel de la Carretera Retorcida. Es un paso a nivel fascista que sacude traicioneramente a los "camaradas" aprovechando sus abandonos sentimentales y el resurgir de sus viejas llamas.»

El Flaco no lo supo encajar. Por otra parte, aun estando confortado por la más firme fe marxista, cuando se tiene una cabeza llena de chichones como la tenía *el Flaco*, ¿cómo se pueden dominar los propios impulsos?

El Flaco, al ver el dibujo, lo arrancó y se lo metió en el bolsillo,

En el mismo instante recibió una indescriptible patada en el trasero acompañada de esta amable justificación:

—Es la única parte de la cabeza que aún te queda sana.

El Flaco encajó con firmeza la patada y se alejó dignamente; después de dar diez pasos, se volvió y dijo:

—El que explota con fines de especulación política los asuntos íntimos de un adversario, es un marrano.

—Más marrano es aún el que, teniendo mujer e hijos, hace el idiota con las chicas. Y tanto es así que, aunque escape al castigo de Dios, no escapa al de los Ferrocarriles del Estado.

El Flaco, como la escenita se había desarrollado en público, comprendió que al volver a casa iba a encontrarse a su mujer con algún trasto contundente en las manos. Por tanto, siguió directo hasta la Casa del Pueblo y se fue a dar el informe a Peppone:

—Jefe; me han dado públicamente una patada en el trasero. Esta vez no ha sido la barrera del paso a nivel. Ha sido don Camilo.

—¿Traicioneramente?

El Flaco se sacó del bolsillo la hoja arrugada y se la enseñó a Peppone:

—He visto en el tablón de la parroquia esta canallada

y la he quitado. Entonces es cuando me ha dado la patada.

Peppone miró el dibujo, luego llamó a la mujer del cantinero y le entregó la hoja:

—Plánchalo, que quede como nuevo.

Volvió a tener en su poder la hoja al cabo de unos diez minutos, y, poniéndola con cuidado entre dos cartulinas, salió.

Al llegar delante de la vitrina de la rectoría, sacó la hoja y diligentemente la clavó con cuatro chinchetas en el tablón.

Naturalmente, don Camilo estaba allí, detrás suyo, y al volverse, Peppone se encontró con su mirada.

—Se ha vuelto a restablecer el orden —explicó Peppone—. Así la gente se podrá divertir. Claro que será un grave golpe para la idea marxista.

Don Camilo se acercó al tablón, quitó el dibujo, lo rompió y tiró los pedazos.

—No con esos chismes combatimos la idea marxista —explicó—. No es harina de mi costal.

—¿Y de qué costal es harina la patada que le ha dado al *Flaco*? —se informó Peppone.

—No puedo negar que ha sido cosa mía —reconoció don Camilo.

—¿Y son ésos los argumentos con los que pretende combatir la idea marxista, padre?

—No; pero en determinadas circunstancias no dejo de excluir que una buena patada pueda ser una elocuente afirmación de principio.

Peppone lo miró sacudiendo piadosamente la cabeza:

—Es el principio del fin, padre. De todos modos, yo sigo siendo un hombre de mundo y, cuando usted lo vea feo de verdad, yo estoy siempre dispuesto a hacerme cargo de toda la empresa —indicó con un amplio gesto la iglesia y la rectoría.

Se volvieron a encontrar al día siguiente por la tarde en el Salón de la Rifa Benéfica pro colonias marinas.

Era un asunto apolítico, organizado por un grupo de personas de todas las ideas y era lógico que todos apoyaran la iniciativa.

Los regalos habían sido recogidos llamando a todas las puertas, sin excepción, y por eso había salido un muestrario curioso.

El alcalde Peppone compró veinte billetes y veinte billetes compró, como era de prever, don Camilo.

Parecía una escena organizada por un director de cine: diecinueve veces Peppone ganó lápices, plumas y trompetas de madera que repartió entre los niños que tenía más cerca.

La vigésima vez ganó uno de los premios de primera categoría: «Imagen de la Virgen ricamente enmarcada.»

Y diecinueve veces don Camilo ganó chucherías sin importancia, pero la vigésima, también le tocó a él un premio de primera categoría: «Retrato en colores de Malenkov, ricamente enmarcado, regalo de la Sección del PCI.»

« ¡Parece preparado! », exclamaban todos.

A la salida, don Camilo y Peppone se encontraron el uno al lado del otro y siguieron así durante un buen trecho de camino.

Al llegar frente a la iglesia, don Camilo se paró.

—Señor alcalde —le dijo a Peppone, alargándole el retrato de colores del «jefe»—, si la suerte ha sido injusta, lo podemos remediar. ¿Lo cambiamos?

Peppone meneó la cabeza:

—¿Para qué? A usted le servirá bastante ese retrato: podrá aprender a conocer al propietario de esa cara, y así, cuando él llegue también aquí, ya no será una sorpresa para usted.

—Claro, señor alcalde. Pero a usted, ¿para qué le puede servir esa imagen?

—¡Para pedirle de rodillas que le mande un rayo que le parta! —bramó Peppone, alejándose.

Don Camilo volvió a la rectoría con el ánimo muy sereno. Depositó el retrato dentro de un arcón y, antes de bajar la tapa, se excusó:

—Yo no te puedo rogar que mandes un rayo a Peppone, camarada. Lo malo es que lo vas a mandar igualmente a él y a todos nosotros, de seguir así.

Cerró el arcón.

—Jesús —susurró alzando los ojos al cielo—, somos como un perro estúpido que no ceja de dar vueltas y más vueltas sobre sí mismo, persiguiendo su cola para morderla, mientras la casa está a punto de derrumbarse. ¡Malo cuando la cabeza se vuelve enemiga de la cola!

Don Gildo

A las nueve, el cielo que hasta aquel momento había mantenido una conducta ambigua e intranquilizadora, se limpió rápidamente y el sol mostró decidido su rostro de caballero.

El acontecimiento, inusitado en aquella desgraciada primavera, llenó de alegría a don Camilo, que hacía ya una hora que estaba cavando en el huerto.

Pero la felicidad de don Camilo no duró mucho, porque en el horizonte apareció la madre del campanero.

—Padre —explicó la vieja—, ha llegado el curita.

Don Camilo estaba preparado para el golpe y lo encajó con aparente indiferencia.

—Está bien, hágale entrar —respondió sin dejar de cavar.

La vieja lo miró extrañada.

—Padre —murmuró—, ya lo he hecho pasar al cuarto de estar.

—Pero como ahora no estoy en el cuarto de estar, sino aquí, hágale pasar aquí.

La vieja se fue y, poco después, un joven sacerdote se adentraba en el huerto, parándose detrás de don Camilo.

—Buenos días, padre.

Don Camilo paró de cavar, se volvió y se acercó al joven cura, que se presentó:

—Soy don Gildo.

—Mucho gusto —le contestó don Camilo, agarrándole con la zarpa la mano y dándole un apretón de manos capaz de destrozar a una serpiente boa.

El curita se quedó desconcertado y palideció; pero había recibido una sana educación deportiva y consiguió sonreír.

—Tengo una carta del señor secretario de su excelencia —explicó, alargando a don Camilo un gran sobre.

—Con su permiso —dijo don Camilo, abriendo el sobre y sacando la hoja con el mensaje del señor secretario de su excelencia.

Una vez leída la misiva, se dirigió al curita:

—Yo le había dicho al señor secretario que no se molestara porque, a pesar de ser un pobre viejo, hubiera podido seguir llevando adelante yo solo la parroquia. De todos modos, ya que el señor secretario, interpretando el expreso deseo de su excelencia el obispo, ha querido aliviar mis desvelos, no me queda más que darle la bienvenida, don Gildo.

El joven cura hizo una reverencia con mucho garbo:

—Gracias, don Camilo. Disponga de mí con toda libertad.

—Muy amable. Le tomo la palabra inmediatamente —respondió don Camilo.

Se acercó al guindo garrafal y, tomando una azada que colgaba de una rama, la puso en las manos del curita.

—Entre los dos acabaremos rápidamente —explicó.

El curita miró la azada y luego fijó la mirada en don Camilo.

—La verdad —balbuceó— es que no tengo práctica en manejar estas herramientas...

—No se preocupe. Póngase a mi lado y haga exactamente lo mismo que hago yo.

El curita se puso encarnado de enojo. Era un joven que tenía unos nervios sensibles y dignidad.

—Padre —objetó como con resentimiento—, yo he venido aquí para cuidarme de las almas, no de los huertos.

—Naturalmente —replicó, tranquilo, don Camilo—. Pero tiene usted que tener presente que para obtener ensaladas, guisantes y judías con que alegrar nuestra humilde mesa, hay que cuidar el huerto.

Don Camilo volvió a ponerse a cavar. El curita se quedó allí, en el sendero, con la azada en la mano.

—¿O sea, que no quiere usted ayudar a este pobre viejo cura lleno de achaques? —dijo de repente don Camilo sin levantar la cabeza.

—¡No es que no le quiera ayudar! —explicó con vivacidad el curita—. Lo que pasa es que yo he venido aquí para hacer de sacerdote.

—Don Gildo, la primera dote del buen sacerdote es la humildad —dijo don Camilo.

El curita apretó los dientes y, poniéndose al lado de don Camilo, se dispuso a darle a la azada.

—Don Gildo —observó dulcemente don Camilo—, si le he dicho algo molesto u ofensivo maltráteme a mí, pero no maltrate la tierra que no tiene ninguna culpa.

El curita se puso a cavar mejor.

Fueron precisas dos horas para que el huerto quedara listo. Y cuando, sucios de tierra hasta las rodillas, don Camilo y el curita llegaron a la rectoría, daban las once.

—Tenemos el tiempo justo para acabar con otra cosilla —dijo don Camilo, dirigiéndose hacia la puerta de la cochera.

Había unos troncos de olmo que trocear, y, hasta que no dieron las doce, el curita tuvo que ayudar a don Camilo a cortar leña.

El curita había tragado tanta bilis, en aquellas tres horas, que no podía más. Por eso, se sentó a la mesa con desgana y, en cuanto hubo probado la sopa, dejó la cuchara a un lado.

—No se preocupe si no tiene apetito —lo tranquilizó don Camilo—. Es el cambio de aires.

Don Camilo comía con un apetito formidable y, sólo después de haber despachado dos colosales cuencos llenos de caldo con tocino, restableció los contactos verbales con el curita.

—¿Qué? —preguntó—. ¿Le gusta el pueblo?

El curita se encogió de hombros.

—Apenas lo he entrevisto.

—Es un pueblo como todos los demás. Con gente buena y gente mala. Lo difícil consiste en saber distinguir quién es la gente verdaderamente buena y quién es la gente verdaderamente mala. Desde el punto de vista político, le diré que los rojos tienen mucho peso. Y lo malo es que su potencia, en vez de disminuir, va en aumento. Uno se afana todo lo que puede, se intenta cualquier cosa, pero cada vez es peor.

El curita sonrió:

—Es cuestión de método.

Don Camilo lo miró con curiosidad:

—¿Tiene usted quizá un método mejor que los empleados hasta el momento?

—No quiero hacer comparaciones, padre, y no quiero decir que haya descubierto el remedio milagroso. Sólo digo que hay que ver la situación con otros ojos. O aún mejor: sin las anteojeras tradicionales que impiden tener en cuenta los requerimientos sociales. ¿Por qué tienen tanto éxito los comunistas con las clases menos adineradas? Porque prometen a los pobres: «Quedaos con nosotros y estaréis bien porque nosotros les quitaremos los bienes a los ricos para dárselos a los pobres. Los curas os prometen el Paraíso en el cielo. Nosotros os daremos el bienestar en la tierra.»

Don Camilo abrió los brazos:

—Comprendo, don Gildo; por otra parte, nosotros no podemos volvernos materialistas.

—Ni hay que volverse materialista. Simplemente no hay que dar a pensar que se pretenda defender el bienestar de los privilegiados. En lugar de hablar siempre de deberes, hay que hablar de derechos. Estamos de acuerdo en que si cada uno cumpliera con su deber, automáticamente serían respetados todos los derechos. Pero si se quiere que los ricos observen sus deberes, es necesario consolidar los derechos de los pobres. Actuando así, se vacía de significado al comunismo.

Don Camilo meneó gravemente la cabeza:

—Claro. O sea que habría que entrar en competencia con los comunistas y, si es preciso, violar la llamada legalidad.

—Exacto: la legalidad, cuando sirve para defender los privilegios de los malvados va contra lo justo y, por tanto, es contraria al espíritu de la ley divina.

Don Camilo extendió los brazos:

—Verá, querido don Gildo: intento seguir su razonamiento. Pero no consigo comprenderlo. Ya no tengo la agilidad mental de antes. Me tiene que perdonar.

El curita era joven, tenía una agilidad mental extraordinaria y volcó sobre el pobre don Camilo todo un alud de palabras bonitas que expresaban conceptos estupendos.

Además, tenía una concreta misión que cumplir y, al final, lo dijo bien claro:

—Querido padre, nosotros sabemos perfectamente adónde queremos llegar y llegaremos. Usted ha hecho óptimas cosas en este difícil pueblo y hoy tiene el derecho de contar con una ayuda. Y no sólo cuando tiene que cavar o cortar leña.

Don Camilo estaba de lo más humillado:

—Perdóneme. Yo no tenía idea de su cultura y de su preparación.

El curita había vencido contundentemente la batalla. Aquella misma noche estableció los primeros contactos e implantó las bases para la acción futura.

Al ver cómo se ponían las cosas, don Camilo, al cabo de tres días, le dijo al curita:

—Ha llegado usted en el momento oportuno. No me encuentro bien y necesito absoluto reposo. Si no le sabe mal y si no es demasiado trabajo para usted, tendría que sustituirme completamente durante un tiempo. Esta mala estación me está pesando terriblemente. Necesitaría sol, tiempo seco y no hace más que llover desde hace meses.

Eso era justo lo que andaba buscando el curita: le

contestó entusiasmado a don Camilo que no se preocupara. Él se encargaría de todo.

Y don Camilo se retiró.

No se fue muy lejos. Se fue al primer piso y se recluyó en las dos grandes habitaciones que daban al huerto y al campo de deportes.

La vieja madre del campanero le llevaba la comida y don Camilo vivía encerrado allí.

En la habitación contigua al dormitorio, don Camilo había dispuesto su altarcito de campaña y celebraba la misa cada mañana, solo. Pero Dios estaba junto a él.

Se había llevado arriba un cajón de libros y se pasaba el tiempo leyendo.

Al cabo de quince días, la vieja, que hasta entonces no le había dicho nunca nada, le comunicó a quema ropa:

—Don Camilo, en cuanto se sienta con fuerzas, baje. El curita está armando un montón de conflictos.

—¿Conflictos? Pero si parece tan tranquilo.

—¡Tranquilo! No es un cura, ése, es todo un comicio permanente. Hay bastante gente que ya no viene a la iglesia.

—No se preocupe: es un método nuevo y la gente se tiene que acostumbrar. Después todo irá mejor.

Pero el método nuevo, evidentemente, no resultó grato a nadie y la madre del campanero, una mañana, en pocas palabras le hizo el punto exacto de la situación:

—Padre, ¿sabe qué ha dicho Peppone ayer? Ha dicho que cuando don Gildo haya conseguido vaciar la iglesia totalmente se lo va a quedar como capellán de la sección.

Después, la misma vieja, unos días más tarde, le contó a don Camilo lo que había contestado Filotti a quienes le preguntaban por qué había dejado de ir a misa: «Me conviene más ir a oír a Peppone en la Casa del Pueblo que a don Gildo en la iglesia: Peppone me insulta mucho menos.»

Don Camilo resistió todo lo que pudo. Mas, al cabo

de cuarenta días, perdió la calma y, arrodillándose delante del crucifijo del altarcito de campaña, dijo:

—Jesús, he inclinado humildemente la cabeza ante la voluntad de los superiores. Me he retirado para dejar a don Gildo la mayor libertad de acción. Jesús, vos sabéis lo que he sufrido durante todo este tiempo. ¡Perdonadme, pero hoy voy a bajar, voy a agarrar a don Gildo por el cuello y lo voy a reexpedir a la ciudad por paquete postal!

Eran las ocho de la mañana.

Don Camilo quería bajar al piso de abajo perfectamente en orden y, por eso, decidió afeitarse.

Al abrir las persianas de la ventana se dio cuenta de que hacía un espléndido día de sol.

Se quedó allí, asomado, a disfrutar de aquella luz tibia y de aquella paz. Pero al cabo de unos minutos oyó un griterío.

Don Camilo miró y vio a los muchachos del «Gallardo» entrar corriendo en el campo de deportes.

Los muchachos estaban ya listos y empezaron el entrenamiento.

Don Camilo se olvidó de la barba y quedó mirando a sus chicos, que estaban más desfasados que nunca y que no conseguían embastar ni una sola acción decente.

«Si juegan así contra el equipo de Peppone, vamos a sufrir una derrota horrorosa», pensó don Camilo, angustiado.

En aquel preciso instante llegó al campo don Gildo, quien, gritando, interrumpió el juego y, una vez reunidos los muchachos en torno a él, se puso a hablarles animadamente.

—¡Hasta el equipo de fútbol quiere echarme a perder, ahora! —bramó don Camilo—. Si no se va de ahí, bajo y lo despedazo.

Pero el curita no daba la menor señal de irse del centro del campo.

Al contrario, a un buen momento, se puso en el sitio

del contraataque y, al llegarle el balón entre los pies, emprendió un regateo que quitaba el hipo.

Don Camilo, entonces, perdió el control: más que bajar, voló escaleras abajo.

Al llegar al campo, agarró al vuelo a don Gildo y se lo llevó a rastras a la rectoría.

—Ahora —le intimó— quítese la sotana, póngase camiseta y botas y siga el entrenamiento.

—Pero yo —balbuceó el curita—, ¿cómo puedo...?

—Juegue con pantalones largos, con bigote postizo, con careta, pero juegue. Tiene que ponerme a punto el equipo.

—Pero mi misión aquí...

—Su misión es ésta. Usted haga que gane el equipo y les habremos propinado a los rojos un golpe mortal.

El «Gallardo» barrió al «Dinamos»: lo molió, lo pulverizó. Y mientras Peppone y sus socios parecían destruidos, los otros estallaban de alegría.

Por la noche, don Camilo le ofreció al curita una cena especial.

—Usted —le dijo al final— déjese estar ahora de instancias sociales y ocúpese exclusivamente del equipo de fútbol. No se preocupe de nada más. Del peligro comunista ya me encargo yo.

Los náufragos del espacio

Los barracones de la feria llegaron aquel año también para las fiestas de mediados de mayo, pero esta vez se quedaron fuera de la plaza por exigencias de carácter político local, puesto que había mucho movimiento en la zona y el programa organizado por los agitadores comprendía una larga retahíla de importantes comicios.

Los feriantes tuvieron que contentarse con el prado que servía para el mercado de ganado.

Un lugar desagradecido, alejado, al lado de la carretera que llevaba a Molinetto.

Como compensación, aquel año los feriantes habían traído dos novedades absolutas: una pista gigante de autos de choque y un carrusel aéreo.

Este carrusel aéreo era una gran máquina de tubos de acero parecida al armazón de una sombrilla. Al extremo de cada varilla había un avioncito y, cuando el carrusel empezaba a dar vueltas, el que iba sentado dentro del aeroplano podía, accionando una palanca, hacer subir o bajar el aparato a su gusto.

El prado donde se había instalado la feria quedaba detrás de la rectoría, a unos trescientos o cuatrocientos metros de distancia, y don Camilo, cada noche cuando subía a su habitación del primer piso y se asomaba a la ventana para cerrar las persianas, veía claramente el carrusel aéreo en pleno funcionamiento, y se quedaba allí rato y rato admirando el espectáculo.

La verdad es que no hay nada de deshonroso o de pecaminoso en montarse en un carrusel terrestre o aéreo; pero a pesar de ello, un cura no puede concederse esa agradable distracción, porque la gente, como tiene ojos, ve y, como no tiene seso dentro de la cabeza, se ríe al ver a un cura dando vueltas en un carrusel.

Don Camilo sabía muy bien todo eso, que le sabía muy mal por obvias razones.

Los autos de choque y el carrusel aéreo eran lógicamente las atracciones que hacían más negocio. Tanto es así, que cada noche, hasta tarde, cuando ya todas las otras barracas y atracciones habían cerrado por falta de clientela, los autos de choque y el carrusel aéreo seguían tranquilamente funcionando.

E incluso hasta cuando la pista gigante de los autos de choque apagaban sus luces, el carrusel seguía funcionando aún un buen rato.

Don Camilo era un observador atento y no dejó de destacar el hecho. Y así, una buena noche, cuando vio que los autos de choque cerraban, salió y atravesando con paso tranquilo e indiferente el prado de alfalfa que se extendía por detrás de la rectoría, llegó hasta el seto que seguía la carretera de Molinetto y se apostó allí detrás.

Del otro lado de la carretera se abría el espacio del parque de atracciones: las barracas ya habían apagado sus luces y dormían sumergidas en la oscuridad, mientras la enorme sombrilla del carrusel aéreo aún seguía dando vueltas en el centro del breve islote de luz.

El plan de don Camilo era muy sencillo: en cuanto la última pandilla de adeptos hubiera tomado tierra y se hubiera ido a dormir, don Camilo saldría de detrás del seto y, acercándose al dueño del carrusel, le convencería para que le diera una vuelta.

La espera de don Camilo no duró mucho: el carrusel se paró, los jovenzuelos del último grupo bajaron de los aviones y, arrancando las motos, se perdieron voceando en la noche.

Entonces don Camilo saltó el canal y se dirigió decidido hacia su objetivo.

El hombre del carrusel había entrado dentro de la

garita de la taquilla y estaba haciendo caja: al ver aparecer a aquel enorme bulto negro se sobresaltó.

—¿No ha visto nunca a un cura? —le preguntó don Camilo.

—Sí, padre. He visto curas, pero nunca después de medianoche. ¿En qué puedo servirle?

Don Camilo señaló la rectoría:

—Duermo allí y no puede imaginarse cuánto llega a molestarme con su maldita música.

—Lo siento, padre —contestó el feriante, abriendo los brazos—. Pero cualquier carrusel, si no da vueltas con acompañamiento musical, resulta de lo más insípido. De noche intento bajar el volumen todo lo que puedo, pero, a ciertas horas, hasta la música más floja hace un gran estruendo.

—De acuerdo —replicó don Camilo—. Pero si cada noche me causa tantas molestias, debería sentir el deber de hacerme, aunque sólo sea una vez, un favor.

—Con mucho gusto, padre. Estoy a su disposición.

—Bien: entonces deme una vuelta en su carrusel. Rápido, dese prisa.

El hombre del carrusel puso una cara sinceramente compungida.

—Padre, tendrá que conformarse a esperar unos minutos. Tiene que llegar un grupo que me ha encargado un par de vueltas. Allí están.

Don Camilo se volvió para emprender la fuga, pero ya era demasiado tarde: el grupo estaba ya detrás suyo y el primero de la banda era Peppone.

—¡Oh, nuestro bien amado señor arcipreste! —exclamó Peppone—. ¿Está quizá explicando al dueño del carromato que hasta el carrusel aéreo es pecado mortal?

—Estaba tan sólo explicándole que la música de su carrusel impide dormir a las buenas gentes.

—Menos mal —se carcajeó Peppone—, justamente me imaginaba que también la música le molestaba a usted.

El Flaco, el Pardo, el Brusco, el Largo, Rayo, es decir los componentes del grupo, no habían hecho caso de don Camilo y se habían ido alegremente a montar cada uno en un avión.

—¿Y usted, señor alcalde, qué ha venido a hacer de bueno por aquí? —se informó don Camilo—. ¿A hacer divertir a sus niños traviesos?

—¡Jefe, date prisa! —dijo en voz alta *el Flaco.*

—Vaya, vaya, señor alcalde —lo amonestó, sonriendo, don Camilo—. Los niños le están llamando. ¡Qué divertido debe de ser ver volar a un alcalde tan grandote dentro de un avioncito!

Peppone lo miró con odio:

—Nunca tan divertido como a un cura grandote como usted.

—Lo que pasa es que, así como yo voy a ver volar al alcalde, usted no va a ver volar al cura.

—Pues que se divierta, padre —bramó Peppone, dirigiéndose al carrusel—. Y luego, mañana, escriba un bonito artículo de carácter escandaloso en su diario mural.

Peppone se fue a montar también en uno de los aviones y el hombre del carrusel se acercó a la palanca de mando que estaba dentro de la caseta.

—¡Que se divierta, padre! —repitió Peppone—. ¡Cuente a sus hijos de María que los administradores públicos comunistas malgastan en juergas nocturnas el dinero de los contribuyentes!

La máquina se puso en marcha y por el altavoz empezó a salir con volumen moderado la música de una alegre marcha.

—¡Dale gas, comandante! —gritó Peppone, al pasar volando por delante de la garita—. Así el padre podrá dormirse con la nana.

—¡Calla, desgraciado! —le gritó alguien a su espalda.

Peppone se giró y, en el avión detrás del suyo, estaba don Camilo.

El carrusel estaba ya funcionando a pleno régimen y

durante algunos minutos la cosa resultó de vivo agrado a todos.

Después y principalmente por el aire fresco y húmedo de la noche, don Camilo empezó a sentirse algo molesto.

—¡Dile al hombre que vaya un poquito más despacio! —gritó don Camilo a Peppone.

Entonces Peppone accionó la palanca y el brazo de su avión se bajó.

Cuando el avioncito pasó por delante de la caseta, Peppone quiso gritar, pero no pudo.

—¿Qué pasa? —gritó don Camilo.

Peppone se volvió y farfulló Dios sabe qué, señalando la garita.

Don Camilo bajó de altura y, al pasar por delante de la garita, vio lo que poco antes había visto Peppone.

Es decir, vio a tres chavales, todos con la cara tapada con un pañuelo hasta los ojos, empuñando todos ellos una pistola.

El hombre del carrusel estaba cara a la pared con las manos arriba y los tres chavales le apoyaban los cañones de las pistolas en la espalda. Un cuarto chaval también embozado estaba hurgando en el cajón y metía en un saco los billetes que cogía a puñados.

Mientras tanto, el carrusel giraba a toda velocidad con acompañamiento musical.

Los chavales, acabada la pesca en el cajón, no quedaron satisfechos y dos de ellos acompañaron al dueño dentro de la caravana, para encontrar el resto del botín.

Salieron al cabo de un poco maltratando al feriante.

—Es inútil que insistan —protestó el hombre—. Todo el resto del dinero lo he ingresado en el banco. Busquen en la cartera y encontrarán el recibo.

Encontraron el recibo y lo rompieron llenos de rabia.

Mientras tanto, el carrusel seguía dando vueltas.

—¡Paradlo, malditos! —gritó *el Flaco* al pasar delante de los jóvenes.

Uno de los jóvenes tapados se volvió blandiendo amenazadoramente la pistola, y todos los hombres de la pandilla voladora accionaron desesperadamente la palanca y todos los brazos del carrusel se subieron.

Ahora el carrusel parecía justo una sombrilla volcada por el viento.

Los chavales estaban furiosos por la escasez del botín, pero el cabecilla era un chaval lleno de ideas.

—Vamos a pelar a esos siete mirlos que están volando —dijo.

Se dirigió hacia arriba y gritó:

—¡Tirad todo el dinero que lleváis en los bolsillos u os vamos a hacer salir los sesos por las orejas!

—¡Así revientes! —le respondió la voz de Peppone.

El cabecilla dio una orden a su lugarteniente, que, entrando dentro de la caseta, empuñó la manecilla de la resistencia variable y la apretó dos o tres dientes más.

El carrusel aumentó de velocidad.

Arriba, la cuadrilla voladora empezó a gritar, pero el vicecabecilla aumentó el volumen del amplificador y la música cubrió fácilmente los gritos.

Al cabo de media docena de vueltas, el jefe le hizo una señal al segundo y éste volvió a dejar la velocidad de antes. O hasta un poco menos.

—Que cada uno ponga todo su dinero dentro del pañuelo, lo ate y, cuando pase por delante de la garita tire dentro el bulto. Treinta segundos de tiempo.

Pasado medio minuto, el jefe dio la orden:

—¡Empezando por el que va vestido de negro, venga!

Don Camilo, el vestido de negro, fue el primero en tirar su paquetito dentro de la garita. Los otros lo imitaron.

El jefe recogió los hatillos, los abrió, observó el dinero.

—¡Poco! —gritó—. Tirad las carteras con todo el resto o aumento la velocidad; cinco segundos de tiempo... ¡Empezando por el que va vestido de negro, afloje!

A los pies del jefe de la banda cayeron siete carteras

que fueron vaciadas y tiradas a un rincón de la taquilla.

El jefe de la banda se dirigió al dueño del carrusel:

—Tú para el carrusel sólo cuando hayan pasado quince minutos desde que nos hayamos ido. No intentes hacernos una mala pasada porque te conocemos y puede que una noche te llenemos de gasolina la caravana y te asemos dentro.

Los cuatro se fueron corriendo al coche que los esperaba parado en la carretera y partieron como un rayo.

—¡Páralo, maldito! —le gritaron al feriante los de la cuadrilla voladora. Pero el desgraciado estaba lleno de miedo y paró sólo cuando hubieron pasado los quince minutos.

El carrusel se paró y la sombrilla se cerró lentamente.

Los siete de la cuadrilla tuvieron que quedarse veinte minutos inmóviles, dentro de su avioncito, antes de acumular las fuerzas suficientes para volver a ponerse en pie.

Finalmente se encontraron los siete junto al dueño del carrusel, dentro de la caseta de la taquilla. Recuperaron sus carteras vacías.

Nadie había hablado hasta aquel momento.

El primero en hablar fue Peppone.

Peppone agarró al feriante por la chaqueta:

—Si dices una sola palabra de lo que ha pasado esta noche, no sólo te parto la cabeza, sino que hago que no puedas volver a trabajar, ni aquí ni en ninguno de los municipios que dominamos nosotros.

—Y yo en los que dominamos nosotros —añadió don Camilo.

Los siete tomaron el camino de los campos y se dejaron caer detrás de la rectoría:

—Resumidas cuentas: hemos pasado una buena velada, señor alcalde —dijo don Camilo.

Peppone le respondió con un rugido que despertó, en la noche aterciopelada, ecos lejanos.

Ciencia y vida

El notario venía de lejos y era hombre de pocas palabras. Cuando vio que Peppone movía la cabeza e intentaba dar largas al asunto, cortó en seguida:

—Señor alcalde —dijo—, se trata simplemente de contestar sí o no. Yo no soy ningún mediador, sino un albacea testamentario.

—En lo que se refiere a la finca, puedo decirle inmediatamente que aceptamos —afirmó Peppone—. En lo que respecta al monumento, primero tengo que oír el parecer del consejo municipal y de la población.

El notario volvió a meter dentro de la cartera sus cartapacios.

—Tiene quince días para tomar la decisión —concluyó—. Tenga en cuenta que no existe ninguna posibilidad de arreglos o compromisos: o todo o nada. Ésta es la concreta voluntad del difunto.

—¡Nosotros no aceptamos imposiciones ni de vivos ni de muertos! —exclamó orgullosamente Peppone.

De todos modos, como el asunto era más bien importante, Peppone, tras haberlo discutido en privado con los suyos de la banda, tuvo que llevarlo al consejo.

—Ha muerto en Turín, donde residía desde hacía treinta años, el conciudadano Luigi Lollini, que ha dejado escrito en su testamento que estaría dispuesto a legar al asilo de ancianos de los viejos la finca Pioppazza, a condición de que nosotros concedamos el uso perpetuo del centro de la plaza al monumento de su padre. Creo que puede contestársele que, si el asilo de los viejos tiene necesidad de ayudas, la plaza no es un cementerio.

Piletti, único consejero de la oposición, saltó indignado:

—Señor alcalde, ése que usted define como «padre del conciudadano Luigi Lollini» se llama Anselmo Lollini, y es conocido en todo el mundo como científico de gran valor. ¡Si no lo sabe, infórmese!

—No tengo ninguna necesidad de informarme —replicó Peppone—. Sé quién ha sido Alselmo Lollini y sé que no ha hecho nada que le dé derecho a tener un monumento en la plaza principal del pueblo. La plaza es el templo del pueblo trabajador y no se permite que en ella tengan su lugar las estatuas de falsas divinidades.

—¡Bien! —gritó entusiasmada la mayoría.

Pero la oposición no se dejó intimidar.

—Anselmo Lollini no ha sido ningún histrión político, sino un científico —gritó Piletti—. Y su nombre y sus estudios son recordados en todos los más importantes tratados de entomología.

Peppone sacudió la cabeza sonriendo:

—La entomología no es una ciencia, es un pasatiempo de señores.

—¡No blasfeme, señor alcalde! —gritó la oposición—. El hecho de que usted ignore qué es la entomología no le autoriza a despreciarla.

Mas Peppone se había preparado y su respuesta fue rápida:

—Que la reacción no ironice culturalmente sobre nuestro bachillerato elemental. Porque nuestro bachillerato elemental, aun sin haber estudiado en él entomología, está en condiciones de responder a la reacción que, hoy, el pueblo trabajador pasa de los que corren persiguiendo mariposas. Hoy los exponentes de la verdadera ciencia y de la verdadera cultura corren tras los problemas sociales.

La oposición no pudo seguir hablando y se tuvo que ir a casa con el rabo entre piernas. Aunque Peppone no se forjó ilusiones.

La entomología no goza de mucha popularidad y se puede discutir sobre el efectivo valor de un entomólogo o sobre la oportunidad de erigir en la plaza pública un monumento a un entomólogo.

Pero hay poco que discutir sobre el efectivo valor de la tierra y sobre la oportunidad de renunciar a una finca de cuarenta hectáreas perfectamente equipada, como precisamente se trataba del caso de la Pioppazza. Una finca de ese tipo representaba un capital de setenta millones de liras como mínimo, y privar al asilo de ancianos de la segura renta de ciento veinte fanegas de tierra de primera categoría, significaba algo que todos estaban en condiciones de comprender perfectamente.

Tanto más si se tenía en la cuenta de que el ayuntamiento no iba a tener que gastar ni una lira para el monumento. El monumento, con su buena estatua de bronce y su buen pedestal de mármol, ya estaba listo, y había sido realizado por un conocidísimo escultor. Además, en caso de que el ayuntamiento hubiera aceptado la propuesta, los albaceas testamentarios del difunto Anselmo Lollini se encargaban también de hacer instalar el monumento en el centro de la plaza.

El primer golpe que lanzó la reacción fue fuerte. Se constituyó de urgencia un «comité para honrar la memoria de Anselmo Lollini» bajo la presidencia honoraria de un pez gordo de la ciudad.

Naturalmente, antes de cerrar la lista y antes de pasar el texto al tipógrafo, los del comité consideraron que debían enviar a un representante suyo autorizado al alcalde.

El representante autorizado se hizo recibir por el alcalde y dijo:

—Por iniciativa de unos ciudadanos de buena voluntad se ha constituido un comité para honrar la memoria del gran entomólogo y conciudadano Anselmo Lollini (1830-1918), comité al que se han adherido ilustres personalidades. Estamos seguros de que el señor alcalde, celoso guardián de las glorias locales, será uno de los nuestros.

—¡Nunca! —respondió con odio Peppone.

El representante autorizado del comité pareció profundamente turbado por la inesperada contestación del alcalde.

—No consigo captar el sentido exacto de su respuesta —balbuceó el representante autorizado del comité—. O usted se ha explicado mal o yo no le he entendido bien.

—Yo me he explicado perfectamente bien y usted me ha comprendido perfectamente, padre —replicó Peppone—. Yo no me adhiero a intrigas clericales.

Don Camilo sonrió:

—Honrar a un ciudadano ilustre no es intrigar, señor alcalde. Por otra parte, si mi presencia en el comité tiene que privar a dicho comité de la preciosa adhesión del primer ciudadano, estoy dispuesto a quitarme de en medio.

—¡No tiene por qué preocuparse, padre! —exclamó amenazador Peppone—. En el momento oportuno ya lo quitaremos de en medio nosotros.

—El porvenir está en las manos de Dios, no en las del alcalde —respondió don Camilo—. Lo que sí está en manos del alcalde es, por el contrario, el éxito de la noble iniciativa del comité que represento.

Peppone ya no podía más y abrió las válvulas de seguridad.

—Métase bien en la cabeza que si tienen el valor de levantar en la plaza la estatua de ese cazador de escarabajos, no sólo la haré sacar y tirar al río, sino que les denunciaré a todos por abuso de ocupación del suelo público. La plaza es del pueblo y no tiene que servir a la reacción clerical para sus especulaciones políticas.

Don Camilo, ahora, ya no tenía más ganas de bromear.

En la estantería junto al escritorio de Peppone había dos repisas enteras ocupadas por una serie de gruesos volúmenes: don Camilo agarró el que llevaba impresa la letra «L», pasó las hojas rápidamente, y cuando hubo encontrado lo que le interesaba, puso el volumen abierto delante de Peppone y dijo:

—Toma, lee aquí: «Lollini, Anselmo»...

Peppone cerró violentamente el libraco.

—Ya lo he leído —gritó—. Me sé de memoria toda la letanía de *su* condenado Lollini.

—Las glorias patrias son un orgullo de todos los ciudadanos y constituyen el patrimonio espiritual de todos los ciudadanos. Si no consigues comprender estas cosas elementales, presenta tu dimisión como alcalde y como ciudadano.

—Dimitiré de alcalde cuando usted dimita de cura. Si Anselmo Lollini es patrimonio de todos, nosotros les cedemos nuestra parte muy a gusto. Si quieren hacerle un monumento, háganselo delante de la iglesia.

Don Camilo miró con sincero asombro a Peppone.

—Son argumentos dignos de un loco —dijo al fin—. Que los entomólogos te sean más o menos simpáticos, bien. Pero que por pura tozudez tengas que privar al asilo de ancianos de un legado de setenta millones, esto no consigo entenderlo.

Peppone pegó con rabia un fuerte puñetazo sobre la mesa:

—Padre —gritó—, hace tiempo que nos conocemos y nos entendemos perfectamente.

Don Camilo se encogió de hombros:

—Señor alcalde, estamos saliéndonos del tiesto. Volvamos a lo nuestro: yo he venido a preguntarle si usted quiere o no quiere prestar su adhesión al comité constituido para honrar la memoria de Anselmo Lollini.

—¡No! —respondió ferozmente Peppone.

Don Camilo volvió a la rectoría para informar al comité que estaba esperándolo.

—¿Y qué? —preguntó con ansia Piletti.

—No acepta —explicó don Camilo.

Un grito de alegría salió de los reunidos.

—¡Esta vez están fritos! —exclamó excitadísimo Piletti—. La cosa es enorme, y de una evidencia horrible: «con tal de no honrar a un famoso científico conciudadano cuyo único error es el de haber pertenecido a la clase burguesa en vez de a la proletaria, ¡la administración comunista rechaza un legado de setenta millones a favor del asilo de ancianos!». Tenemos un argumento formidable. A excepción de los cuatro o cinco chalados del estado mayor, Peppone se va a encontrar a todos los suyos en contra.

El comité pasó a estudiar inmediatamente el plan de acción:

—Ante todo —explicó Piletti— hay que publicar el manifiesto del comité constituido para honrar la memoria de Lollini con los nombres de todos los que se han adherido a la iniciativa. El hecho de que falte el nombre del alcalde, me autorizará a pedirle públicas explicaciones en el Consejo Municipal. En base a la respuesta del consejo, actuaremos inmediatamente y organizaremos un escándalo horroroso que obligará a los rojos a comerse lo que han dicho o tener que dimitir. Esta vez no va a conseguir salvarse convirtiendo el asunto en política.

La asamblea trabajó intensamente hasta altas horas de la noche y, finalmente, cuando el manifiesto del comité estuvo perfectamente a punto, se envió a un hombre de confianza a Barchini, el tipógrafo, para que compusiera en seguida el original.

Piletti y don Camilo se quedaron en vela en la rectoría.

Hacia media noche llegó la prueba de imprenta del manifiesto: don Camilo se puso los lentes y empezó a leer despacio y en voz alta la prueba, mientras Piletti seguía atento la lectura con los ojos clavados en el texto original.

Barchini había trabajado concienzudamente y don Camilo pronto pudo volver a entregar la prueba corregida al chico del tipógrafo, que estaba dormitando en el sofá de la entrada.

—Dile a Barchini que lo imprima a toda velocidad —ordenó Piletti al muchacho—. Por la mañana, a las seis, el equipo de pegar vendrá a buscar los carteles.

Piletti y los demás del comité salieron de casa a las ocho para disfrutar del espectáculo: los muchachos encargados de pegar habían trabajado de modo excelente, pero, a pesar de ello, don Camilo, hacia eso de las ocho y media, vio llegar a la rectoría a Piletti y a los demás aparentemente deprimidos.

Piletti, sin hablar, presentó a don Camilo una copia del manifiesto, y lo primero que le saltó a la vista a don Camilo fue el nombre del alcalde entre los primeros de la lista de los componentes del comité.

Don Camilo miró desconcertado a Piletti y Piletti abrió los brazos desconsolado.

—Así es, padre —dijo—. Ya he ido a ver a Barchini para comprobar la prueba y el original: ambos han desaparecido, prueba y original. Barchini, después de haber compuesto el manifiesto se fue a dormir. No se puede acordar si estaba o no el nombre del alcalde.

—¡Nosotros sí que hemos visto que el nombre no estaba en la prueba! —exclamó don Camilo.

—Es inútil hacer polémicas —concluyó Piletti—. Lo único que importa es que el nombre del alcalde está impreso en el manifiesto. No podemos someter a tortura a Barchini y a sus operarios para saber cómo se ha llegado a producir dicho fenómeno.

Los del comité se marcharon de la rectoría muy compungidos y don Camilo se fue a la iglesia a desahogarse con el crucifijo del altar mayor:

—Jesús —dijo—, a mí me parece que Peppone se lo debe de haber vuelto a pensar y ha estado alerta. Cuando ha visto volver a la tipografía al chico con la prueba corregida, lo ha parado, ha añadido su nombre amenazando al muchacho con romperle la cabeza si lo decía y si luego no hacía desaparecer la prueba y el original. Porque, cuando he corregido la prueba, el nombre de Peppone no constaba en la lista.

—¿Estás del todo seguro, don Camilo? —preguntó el Cristo.

—La verdad es que anoche estaba muy cansado y tenía sueño —admitió francamente don Camilo—. En esas condiciones a uno se le puede escapar algo. De todos modos mejor que sea así: se honrará a Lollini, y el asilo de ancianos, en vez de salir perjudicado, va a resultar muy beneficiado. Sin contar con los varios beneficios que va obtener el pueblo.

El monumento a Anselmo Lollini, entomólogo insigne que vivió de 1883 a 1918, fue solemnemente inaugurado una hermosa mañana de abril.

La verdad es que se trataba de una magnífica pieza escultórica, y el austero señor de bronce emplazado en lo alto del pedestal de mármol no dejaba de tener cierto encanto.

—Ahora que está el monumento —observó al final de la ceremonia don Camilo, dirigiéndose a Peppone—, uno se da cuenta de que a la plaza vacía le faltaba algo. Quedaba incompleta. ¿No le parece, señor alcalde?

—No lo sé —contestó Peppone—. Ya veremos.

Pasaron los días y las semanas y llegó la fiesta de junio.

O mejor dicho: llegó la víspera del festejo y, aquel sábado por la noche, tras haber contemplado al broncíneo Anselmo Lollini, que desde lo alto de su pedestal dominaba el centro de la plaza vacía y desierta, don Camilo se fue a la cama la mar de satisfecho.

A la mañana siguiente don Camilo se levantó de excelente humor y, una vez celebrada la primera misa, no pudo sustraerse al deseo de dar una vuelta por la plaza.

En cuanto llegó, se quedó allí como encantado, como si se hubiera convertido en un cura de cemento armado.

Como el día de la fiesta popular de los años anteriores, la plaza estaba ocupada por el gran barracón del «entoldado», lo que allí llaman «festival».

Y, como decían los carteles, también esta vez, como en las ocasiones anteriores, el «entretenimiento popular danzante» había sido organizado por las secciones juveniles de la banda de Peppone.

El gran entoldado levantaba majestuoso sus lonas en la plaza, en cuyo centro, hasta la noche anterior, se erguía la estatua del insigne entomólogo Anselmo Lollini.

Don Camilo se recuperó de su asombro y los primeros ojos con que se topó su vista fueron los de Peppone.

—¿Os habéis vuelto locos? —exclamó, indignado, don Camilo—. ¡Al sacar la estatua para poner en su lugar vuestro maldito barracón del vicio, habéis faltado además al compromiso adquirido con los herederos de Lollini!

—¿Por qué, padre? —contestó Peppone—. Los compromisos son sagrados e inviolables, y por eso, al no poder sacar al señor Anselmo Lollini, le hemos invitado a la fiesta.

Don Camilo se fue a explorar por una rendija del entablado lateral del entoldado y vio que, entre los dos postes centrales que sostenían la lona, justo en el centro del «festival», estaba dignamente, sobre su basamento de mármol, el entomólogo de bronce.

—Hoy el señor Lollini seguro que se va a divertir —exclamó Peppone—. Buena música y buena compañía.

Don Camilo retrocedió horrorizado:

—¡Una bufonada de este género va a hacer reír a todo el mundo! —exclamó.

—Lo importante es que no se ría el individuo que, con el pretexto del monumento en la plaza, contaba con impedirnos organizar el baile popular en el pueblo.

Y la verdad es que don Camilo no se rió.

Índice

Colección Contemporánea

1/Gary Jennings
AZTECA
La vida, el amor desesperado y el martirio de un azteca de los tiempos de la Conquista.

2/Mary McCarthy
CANÍBALES Y MISIONEROS
La más apasionante novela de aventuras por una de las mejores escritoras contemporáneas.

3/Brian Garfield
EL PALADÍN
Las extraordinarias aventuras de un joven que fue agente secreto de Churchill.

4/Charles Berlitz
FIN DEL MUNDO, AÑO 1999
El famoso autor de «El Triángulo de las Bermudas» fija fecha para el Apocalipsis.

5/Campbell Black
EN BUSCA DEL ARCA PERDIDA
La novela de la película de mayor éxito.

6/Cyril Joly
NOCHE DE PAZ. LA DERROTA DE LA NATO
En veinticuatro horas toda la Europa Occidental fue conquistada.

7/Victoria Holt
EL BESO DE JUDAS
El amor y el misterio componen un fascinante cuadro novelesco en los ambientes de Inglaterra y Prusia a mediados del siglo pasado.

8/Paul Kuttner
EL HOMBRE QUE LO PERDIÓ TODO
Una historia de suspense que es también la pintura de un amor bello, apasionado y a veces aterrador.

9/Shane Stevens
POR CAUSA DE LOCURA
El hijo ilegítimo de Caryl Chessman mata y mutila mujeres para ser digno de su padre. Una historia de violencia y suspense.

10/Marvin H. Albert
LA FAMILIA FALCONE
Una gran novela de gángsters corsos que tiene por escenario la Europa del último medio siglo.

11/Bernard Lenteric
LA NOCHE DE LOS NIÑOS REYES
La venganza de siete genios adolescentes.

12/W. A. Harbinson
GÉNESIS
El secreto más espantoso del mundo.

13/John Zodrow
EN EL NOMBRE DEL PADRE
Su hora ha llegado, el poder de las tinieblas regirá la tierra.

14/Stephen Peters
EL PARQUE ES MÍO
Una insólita aventura que enfrenta a la policía neoyorquina con un solo hombre.

15/Gordon Thomas y Max Morgan-Witts
ANATOMÍA DE UNA EPIDEMIA
Una investigación exhaustiva sobre las misteriosas muertes de legionarios que han conmovido a la opinión pública.

16/Fred Mustard Stewart
CENTURIA
La epopeya de una ambiciosa familia italoamericana a través de cuatro generaciones y de dos guerras mundiales.

17/Françoise Sagan
LA MUJER PINTARRAJEADA
Una novela suntuosa que confiere una nueva dimensión a la leyenda de la gran autora francesa.

18/Norman Mailer
EL PARQUE DE LOS CIERVOS
El ambiente de Hollywood reflejado en toda su crudeza por uno de los grandes novelistas actuales.

19/Arthur Wise
ROSA DE SANGRE
Una estremecedora y emocionante historia ambientada en el populoso barrio neoyorquino del West Side.

20/Cristóbal Zaragoza
DEL COLOR DEL VIENTO
Un relato audaz de denuncia que exalta al pueblo mexicano y su universo cultural.

21/Daniel Saint-Hamont y Alexandre Arcady
EL GRAN PERDÓN
Una historia de luchas y venganzas de raza entre dos poderosos clanes de gángsters franceses.

22/C. C. Bergius
EL DIOS DEL FUEGO
Un relato de amor y aventuras en el marco de la América recién descubierta.

23/Raúl Guerra Garrido
ESCRITO EN UN DÓLAR
El drama de un hombre, que es también el de toda la generación de la posguerra.

24/David A. Kaufelt
ROSA DE PLATA
Una gran historia de amor en el Berlín de Hitler.

25/Victoria Holt
EL AMANTE DIABÓLICO
Una novela de amor y de aventuras en la Francia del fin del II Imperio.

26/Keith Miles y David Butler
MARCO POLO
La novela de la serie televisiva.

27/José María Gironella
CITA EN EL CEMENTERIO
Una novela sorprendente y dramática de un maestro de la narrativa española.

28/Martin O'Brien
ESAS CHICAS
Una visión tierna e irónica del mundo de la prostitución a través de anécdotas y vivencias personales.

29/Patricia Highsmith
A MERCED DEL VIENTO
Doce tenebrosas y fascinantes historias por la más célebre de las novelistas de misterio.

30/Irwin Shaw
PÉRDIDAS ACEPTABLES
Un hombre en la cúspide de su carrera se desmorona súbitamente al sentirse acosado.

31/Martha Mercader
JUANAMANUELA, MUCHA MUJER
Un cuadro fascinante de la sociedad hispanoamericana en los años de formación de las nuevas nacionalidades.

32/Frank G. Slaughter
MÉDICOS EN PELIGRO
Una novela de gran intensidad dramática sobre el creciente consumo de drogas por los médicos de los hospitales.

33/James Kahn
EL RETORNO DEL JEDI
El relato novelado de esta apasionante película.

34/Patricia Highsmith
ONCE
Historias de terror, misterio y crueldad llenas de un extraño atractivo.